BUCH&media

»Und der Frühling breitet seinen grünen Mantel«

Nymphenspiegel
Aus den Gärten
Lyrik, Prosa und Geschichte

Band V
Herausgegeben von Ralf Sartori

Weitere Informationen über den Verlag und sein Programm unter www.buchmedia.de

Weitere Informationen zum gesamten »Nymphenspiegel Kultur Forum«,
zu dessen offenen Künstlertreffs, vier Literarischen Salons und Künstlerfesten,
über den Nymphenspiegel-Newsletter: Mail: nymphenspiegel@aol.com,
unter www.nymphenspiegel.de oder beim Herausgeber direkt.
Passend zum freiheitlichen Geist des »Nymphenspiegels« weichen die Vorgaben
der Zeichensetzung sowie die Rechtschreibung in manchen Beiträgen geringfügig
voneinander ab, aus Respekt vor der künstlerischen Selbstbestimmung der jeweiligen
Autor(inn)en. Hierfür trägt der Herausgeber die Verantwortung.

Bibliographische Information der Deutschen Bibliothek

Die Deutsche Bibliothek verzeichnet diese Publikation
in der Deutschen Nationalbibliographie;
detaillierte bibliographische Daten sind im Internet
über <http://dnb.d-nb.de> abrufbar.

August 2009
© 2009 Buch&media GmbH, München
Umschlaggestaltung: Kay Fretwurst, Freienbrink
nach Photos von Ralf Sartori
Herstellung: Books on Demand GmbH, Norderstedt
Printed in Germany · ISBN 978-3-86520-356-4

Inhalt

Eine Art Vorgarten	8	Die beiden Wesens-Bilder
	9	Das »Nymphenspiegel«-Kultur-Forum Netzwerk – Offene Salons – Künstler-Atelierfeste – Tango-Ateliers und literarische Jahrbücher Dessen Kulturprogramm im laufenden Überblick/Die ihm eigene Art einer neuen Bohème/Dank und Verbundenheit/Und die Nymphen? *Ralf Sartori*
Mehr als nur ein Rosengarten/Lyrik	14	Poetische Texte von: *Marylka Bender, Gisela Wimmer, Alex Förster, Johanna Stephan, Dieter Alexander Boeminghaus, Ralf Sartori, Jürgen Bulla, Maria-Jolanda Boselli, Susanne Nazet, Susanna Bummel-Vohland, Teja Bernardy, Hans-Jürgen Gdynia, Conrad Cortin, Horst Jesse, Peter Inzen, Ute K. Fleischmann, Sabine Bergk, Susanne Schönharting und Wolfgang Uhlig*
Von jenseits des Gartenzauns/ Essay, Erzählung und Historie	64	Innenansichten von der Wies'n Ein Traumjob im Hexenkessel – als Bedienung in einem Oktoberfestzelt *Gertrud Fassnacht*
	69	Von Paris bis München und nach New York Reihe über Münchens Duse der deutschen Schauspielkunst Constanze Dahn und ihre im 19. Jahrhundert einzigartige Familie in Theater, Musik und Literatur *Gerhard Albert Jahn*
	79	Zu »Spaziergänger und Gärtner« – zwei Fächern *einer* Schule *Ralf Sartori*
Der Nymphenburger Schloßpark im jährlichen Spiegel seiner Liebhaber(innen)	84	Erste Schritte *Johann Daniel Gerstein*
	85	Ein Platzproblem *Susanne Schönharting*
	86	Nebeltöchter *Angelika Genkin*
	88	Nichts als ein Schloßpark-Märchen? *Ralf Sartori*

	95	Vertauschte Rollen und der Reiz des anderen François Cuvilliés' Spiel mit der Architektur der Amalienburg *Albrecht Vorherr (Kastellan von Schloß Nymphenburg)*
	98	Faschingsfreuden am Kurbayerischen Hof *D. Fuchsberger*
	100	Die Gruppe des Pan im Nymphenburger Park *Franz Hirschwitz*

Reiseberichte eines Wanderbuches

106 Reisetagebuch eines Wander-Leih-Buchs *Ralf Sartori*
108 Reiselinie 1
    Blinde Date
111 Der Wunschbaum *Susanne Nazet*
113 Vier Gedichte von *Gertrude Schrott*
115 Fünf Gedichte von *Wilhelmine Habichler*

Aus den Gärten des »Nymphenspiegels«/ Eine weitere Ernte

118 Wege aus der Depression?
119 Was den echten Tango so besonders macht
120 Private Tango-Salons und -Ateliers im Rahmen des »Nymphenspiegels«
121 Das Tango-Netzwerk *Ralf Sartori*
122 Mein Medellin (deutsch/spanisch) *Jaime Liemann*
124 Sibirischer Tango
126 Ein Mensch *Peter Ripota*
128 Kultur als Sozialarbeit
130 Kulturpartnerschaften, Veranstaltungsorte und Treffpunkte, Salons und Künstlerfeste *Ralf Sartori*
142 Und zum Schluß noch: ein befreundeter Salon Sinnesfreuden nur für Frauen?! Ein Skandal! *Jasmin Leheta*
144 Gedichte von Brigitte Horn und Ursi Jennings

Hinter dem Garten

146 Kontakt zu Redaktion, Herausgeber und Forums-Leitung
146 Die 34 Autor(inn)en dieser Ausgabe
156 Bildernachweis
157 Mäzene, Förderer und Sponsoren
157 Privat-Kulturpat(inn)en
158 Geschäfts-Kulturpat(inn)en
160 Golondrinas

Eine Art Vorgarten

Die beiden Wesens-Bilder

Die überaus vielschichtige und im Grunde bodenlose Metapher »Nymphenspiegel« beschreibt in komprimierter Form bereits die gesamte Intention dieser Buch-Reihe und das sie umgebende gleichlautende Gebilde: Für mich zum Beispiel trägt sie die Idee von Ganzheitlichkeit in sich, mit all der ihr eigenen Poesie, wie beispielsweise, und das ist in diesem *Organismus* auch der Kern, zwischen Natur und Mensch, aber auch zwischen Kunst, den Wissenschaften, humanistischem Geist, also Philosophie und Spiritualität, et cetera.

Die Nymphen verkörpern dabei, als mythologische Naturwesen, die Beseeltheit und Wesenhaftigkeit des Daseins, insbesondere der Natur; und der Spiegel wiederum erscheint als unendlich facettenreiches Symbol für Beziehung, Reflexion und schöpferische Auseinandersetzung mit dem Gegenüber, einem *DU* oder beliebigem Sujet.

Das zweite, im Organismus »Nymphenspiegel« zentrale Bild ist das des »Gartens«: Eine Metapher, die nicht nur auf ein Buch oder ein Projekt – sondern eigentlich ebenso auf jeden anderen Lebensbereich angewandt werden kann, sobald ein Mensch diesen in eigenverantwortlicher Weise anzunehmen und mit all seinen Möglichkeiten zu gestalten beginnt. Schöpferische Vernetzung und Offenheit, aber auch gewisse Abgrenzung (so etwas wie ein Zaun) und wachsende Selbstbestimmung, schenken eine zunehmende eigene Verwirklichung, verbunden mit den Geschenken des Daseins, die dabei angenommen werden. Der genußvolle Flaneur wie auch der tätige Gärtner werden sich so, in einer Person, an den Gärten seines Lebens erfreuen.

Klingt zwar gut, wenn es da so harmlos geschrieben steht, wird einen aber auch schnell an die eigenen Grenzen, und die der anderen, führen, wie jede(r) weiß, der schon einmal versucht hat, etwas ganz eigenes auf die Beine zu stellen. Und auch der »Nymphenspiegel« hatte es bisher alles andere als leicht, sich in einer Welt, deren Kriterien vor allem eine schnelle und breite Vermarktbarkeit sind, zu verankern und *seinen Markt zu finden*. Denn der *Garten* steht im »Nymphenspiegel« immer auch für den Raum einer zumindest potentiell anderen – zumindest aber der *eigenen* inneren – nach außen hin verwirklichten Welt.

War nicht das *Paradies*, das der Garten als Symbol, zu allen Zeiten und in jeder Kultur, seit jeher verkörpert, eigentlich immer da? Haben wir es nicht nur für alles Mögliche auch schon immer verpfändet? Und das ist ja schließlich auch in Ordnung so. Denn wer will schon immer nur das Paradies gekannt haben und sonst nichts. Doch jede(r) von uns trägt doch die Pfandscheine dazu noch in der Tasche. Und ein wenig Einsatz, diese einzulösen, wirkt da doch durchaus vertretbar; mit ein paar Verschnaufpausen zwischendrin, denn schließlich ist der *Gärtner* ja immer auch *Flaneur* und Genießer.

»Das Paradies« scheint zwar nicht mehr im Rahmen des Möglichen, denn ein Paradies für alle, ein und dasselbe, ist doch keine Option mehr für Individuen. Aber wie wundervoll wäre es doch, wenn der Kosmos sich füllt mit einer wachsenden Zahl an entstehenden Paradiesen?

Sie finden das etwas versponnen? Na gut, dann vergessen Sie es und halten sich, wie ein Großteil der Menschen, eben an *Kriminal-Romane*, wovon ein kurzer Blick in Fernsehen und Presse doch schnell überzeugt.

Im »Nymphenspiegel« jedenfalls steht der »Garten« für den immer neuen Raum eigengestalterischer Entwürfe, in dem gelegentlich Utopien gesät und angepflanzt werden, keimen und heranwachsen können.

Das »Nymphenspiegel«-Kultur-Forum

Netzwerk – Offene Salons – Künstler-Atelierfeste – Tango-Ateliers und literarische Jahrbücher

»Nymphenspiegel« ist in dem Sinne auch ein anhaltender Versuch, ein neuartiges, zur Ideenwelt von Gärten passendes kreatives, menschliches, freies und humanes Netzwerk in München anzuregen und zu kultivieren, ohne Vereinsstrukturen oder formelle Mitgliedschaften. Ein Aspekt davon ist der Ansatz: »Kultur als Antwort, auch auf Krisen, individuell wie in größeren Zusammenhängen«. Und hierbei leuchtet auch das alte romantische Bild der Bohème in neuer Form auf.

Die Felder, die das Projekt dazu bereitstellt, sind vielfältig, werden nach der übernächsten Überschrift genannt und in einem späteren Kapitel ausführlich beschrieben. Möglich ist das vor allem durch bestehende Kultur-Partnerschaften geworden, wie mit dem »Botanischen Garten in München«, dem »Eine Welt Haus«, der »Neuen Fasanerie«, dem »Café Restaurant Schloß Dachau«, der Traditions-Künstlerkneipe »Wein Feldman«, dem »Jazz Club München e. V.«, wobei der »Nymphenspiegel mit letzteren Dreien bereits einen ganzen Fächer von Veranstaltungen anbietet, bei denen aus Teilnehmer(innen) schnell Akteur(inn)en werden können und wobei die meisten Veranstaltungen kostenlos sind.

Programmatisch zieht sich die *Idee des Gartens* als intimer und geheimnistragender Raum, als unendliches Spiegelkabinett unseres Innenlebens und der Begegnung mit sich und anderen, durch sämtliche Bereiche des Projekts. Ursprünglich orientiert am Nymphenburger Schloßpark, dessen Gründungs-Idee, in der Zeit der Renaissance, ebenfalls die eines »Borgo delle ninfe« war – eines geschützten Ortes der Musen und Nymphen.

So trugen die ersten drei »Nymphenspiegel«-Ausgaben auch noch den Untertitel »Jahrbuch zum Nymphenburger Schloßpark«, der nun jedoch, aus Gründen möglicher Mißverständlichkeit, abgelegt ist. Denn »Nymphenspiegel, Lyrik, Prosa und Geschichte« steht als Herzstück und Kristallisationspunkt für das gesamte Projekt, dessen literarischen Rückfluß es auch bündelt und aufnimmt.

Dessen Kulturprogramm im laufenden Überblick

Da es mit noch weiter zunehmender Häufigkeit Einladungen zu »Nymphenspiegel«-Kulturterminen geben wird, deren Ziel auch »ein vielfältiger und kontrastreicher schöpferischer Austausch, Künstlertreff und gemeinsam zu feiern« ist, wird darüber vollständig, regelmäßig und ausführlich schon seit einer Weile in einem Newsletter berichtet. Nicht zuletzt, da es, abgesehen von der nötigen Aktualität der Termine, den Rahmen dieser Buch-Reihe sprengen würde, dessen Angebotspalette auch nur annähernd vollständig wiederzugeben. Sollten Sie an diesem kostenlosen Angebot interessiert sein, dann schicken Sie einfach eine Mail an: *nymphenspiegel@aol.com* und Sie werden das Programm regelmäßig erhalten.

Die ihm eigene Art einer neuen Bohème

Vernetzung und Förderung von Kultur und Künstlern aller Bereiche, spontaner und offener Dialog zwischen Kreativen und deren künstlerischen *Gärten* und *Feldern* – sowie einzelnen Auffassungen, genießt beim »Nymphenspiegel« höchsten Stellenwert. Dabei tritt dieser als ein weitverzweigtes Kulturprojekt in Erscheinung, in dem Kulturschaffende, kulturell interessierte – und aktive Menschen sowie Medienvertreter, immer wieder in einem angenehmen Rahmen zusammenkommen – jenseits etablierter Zirkel und fester Institutionen, ohne sich jenen aber zu verschließen. So können aus dieser Vernetzung stets neue Möglichkeiten für alle daran Teilnehmenden erwachsen, wobei es aber immer auf Qualität und eine *faire Balance* ankommt.

Zum »Nymphenspiegel« gehört zwar ein mehr oder weniger konstanter Stamm von schöpferischen Menschen, dessen Umfeld ist aber gewollt durchlässig und stets in Bewegung. Genaugenommen bietet er, neben einem Literarischen Jahrbuch für Lyrik, Prosa und historische Beiträge, in das immer wieder die interessantesten Beiträge des jeweiligen Jahres eingehen, noch vier Literarische Salons als »Offene Literaturgruppen«, in denen im Grunde jede(r) eigene Texte vortragen und darauf eine Resonanz erhalten kann, ein reichhaltiges und dicht gestreutes Angebot an Künstler-Themen-Festen, Bällen mit Live-Musik von Balkan-, Tango- und Salon-Orchestern oder Jazz-Bands, Konzertabende mit poetischen Balladen und Chansons, das alles z. B. regelmäßig im »Café Restaurant Schloß Dachau«, in der »Neuen Fasanerie«, wie auch in der Nymphenburger Künstler-Kneipe »Wein Feldmann«, oft mit Tanz und gutem Essen, immer aber zu äußerst fairen Preisen, davon abgesehen sind die meisten Veranstaltungen ohnehin kostenlos. Wo Eintritt verlangt wird – nur, um Musiker-Gagen etc. in angemessener Weise zu begleichen. Neue, seit 2009 existierende Veranstaltungsreihen des »Nymphenspiegels« sind der »Blue Note Club« in Zusammenarbeit mit dem »Jazz Club München e. V.«, Maler-Atelierfeste an wechselnden Orten sowie »Poetische Balladen- und Liederabende«. Außerdem gibt es beim »Nymphenspiegel« neben einem »Internationalen Wanderbuch Projekt« noch ein eigenes Literatur-Stipendium in Form einer Arbeits-Begleitung von Autor(inn)en.

Bei den Literatur-Veranstaltungen sind stets auch Gäste willkommen, die selbst keine eigenen Texte mitbringen. Und bei allen vier literarischen Salons besteht grundsätzlich immer die Möglichkeit, auch für unbekannte Autor(inn)en, eine Auswahl ihrer wirklich guten Arbeiten in einem der nächsten Literatur-Bände des Nymphenspiegels zu veröffentlichen – auch das kostenlos. So gibt es zwischen sämtlichen dieser kulturellen Aktivitäten und dem jährlich erscheinenden »Nymphenspiegel«-Jahrbuch, das in deren Zentrum steht, eine vielfältige pulsierende Wechselwirkung. Beide Pole durchdringen und inspirieren einander gegenseitig. Das Buch bildet *Herz und Zentrum* des gesamten *Organismus'*, gibt ihm Impulse zu Wachstum und Gestaltung, wie es auch dessen inspirativen und essentiellen Rückfluß wieder auffängt und nach außen bündelt.

Nicht unerwähnt soll hier noch ein Angebot von Tango-Salons und -Ateliers im privaten Rahmen bleiben, in denen einige Facetten der unendlich reichen lateinamerikanischen Kultur, in Poesie, Literatur, Musik, Tanz und gemeinsamen Feiern, immer wieder ein lebendiges Zuhause finden.

Unter der Mail-Adresse: *nymphenspiegel@aol.com* können Sie also künftig das gesamte Kulturprogramm des »Nymphenspiegels« anfordern und somit regelmäßig alle Termine und aktuellen Hintergrund-Informationen zu Künstler-Treffs, Lesungen, Konzerten, Künstlerfesten und Gruppen in Erfahrung bringen: bei denen ganz schnell aus Zuschauer(inne)n auch Akteur(inn)e(n) werden können. Über eine Weiterleitung dieser Mail-Adresse an Interessierte, Freunde, Bekannte und Mitkünstler würde ich mich ebenfalls sehr freuen, da dieses kulturelle Abenteuer für alle Beteiligten menschlich bereichernd ist, sich aber nicht in den üblichen vermarktungsorientierten Gleisen bewegt und daher Förderung und Unterstützung jeder Art selbst noch ganz gut gebrauchen kann.

Dank und Verbundenheit

sei an dieser Stelle, neben den bereits genannten Kulturpartnern, auch allen Liebhaber(inne)n dieses Projekts ausgesprochen, die den »Nymphenspiegel« kaufen, weiterempfehlen oder als Kulturpat(inn)en unterstützen.

Nun ist diese Publikation vielleicht geringfügig teurer als vergleichbare Taschenbücher, doch dafür wird sie auch – im Gegensatz zu vielen kommerziell durchgestylten und stromlinienförmigen Büchern, noch ausschließlich in Deutschland gedruckt und gebunden, anstatt in Malaysia oder Tschechien, wie das leider immer üblicher ist. »Nymphenspiegel«, das literarische Jahrbuch für deutschsprachige Weltbürger, Weltenwanderinnen und gartenliebende Flaneure unterstützt demnach auch Arbeitsplätze im Inland.

Und die Nymphen?

Auch wenn sich der »Nymphenspiegel« mit dem Garten um das Nymphenburger Schloß in München schon längst nicht mehr als Haupt-Themenfeld begnügt, so enthält dennoch auch dieser Band wieder eine weitere – und ganz eigene Hommage an diesen Schloßpark, die nämlich durch dessen Bild-Motive zum *Vorschein* gelangt: Bisher haben bereits so viele Bildbände zu jenem Park ausgiebig und spektakulär dessen Flora und Fauna in Szene gesetzt; in diesem Band hingegen erscheinen nun endlich auch einmal einige Repräsentantinnen der namensgebenden Art jenes geheimnisumwobenen Orts der Nymphen, jene nämlich selbst. Und wer weiß, ob nicht doch auch darunter manch Sirene sich befindet? Denn schließlich sind Gärten ja nie nur harmlose Idyllen.

Ralf Sartori

wie eine dunkle zauberin erscheint der frühling wieder
mit blauem schimmer in nächtlichem haare und sternendem blick
hervorgehoben neu aus tieferem grunde
alter sedimente ungezählter zyklen abgelaufenen sterbens
in immer prächtigster fülle maßlosen glanzes
aus dem bauch der großen mutter
die an ihren rändern nur vergeht und dabei stetig wird,
strömend sich erneuert in der augenblicke atem fluß

seerosenblätter breiten sich
über die sichtbare oberfläche
scheinbaren blaus dort droben
wolken ziehen fischen gleich
dazwischen weiß wandeln sich
am Himmel

Ralf Sartori

Gemeinsamkeit

Ich atme die Luft,
Ich atme den Himmel,
Ich atme die Wolken,
Das Feld und den See,

Ich schwinge im Rhythmus
Der Blütendüfte,
Der Vögel Flüge,
Wo immer ich geh'.

Ich gehöre zu ihnen,
Bin Teil von Allem,
Im gemeinsamen Sein,
Das Leben heißt.

Ich strebe zur Sonne
und tauche hinunter,
Wo schweigende Nacht
Neues Leben verheißt.

Marylka Bender

Leerzeichen

Lettern fließen schwarz,
aufeinander folgend,
über weiße Seiten,
senden Botschaft aus.

Lücken bleiben frei,
leuchten unbeschrieben,
unterbrechen Fülle,
geben erst den Sinn.

Scheinbar inhaltslos,
Zeichenbild der Leere,
gliedern sie und trennen,
schaffen Wortgestalt.

Grauer, trüber Tag!
Antriebslose Stunden
sind als Teil des Lebens
Brunnen neuer Kraft.

Das, was nicht geschieht,
ist doch von Bedeutung
als bewegte Leere.
Fülle braucht das Nichts!

Gisela Wimmer

Namenlos

Ich ahne dich im Meeresrauschen,
wenn sich der Welle Brandung bricht,
in atemlosem, wachem Lauschen,
doch deinen Namen weiß ich nicht.

Du murmelst in der Silberquelle,
strahlst in des Mondes Honigrund.
In Dämmerung und Morgenhelle
tut sich dein Sein und Wirken kund.

Ich spüre dich in meiner Seele
als Schöpferatem, Heimatlicht,
das ich als Lebenskompaß wähle,
doch dich benennen, kann ich nicht.

Du bist nicht Sonne, Stern und Blüte,
sind sie auch wunderbar und schön,
nicht Vater nur und Muttergüte,
die wir so gerne in dir seh'n.

Die Fülle schenkst du und die Leere,
dein Atem weht in allem Sein.
Wenn ich in Demut dich verehre,
sind Kopf und Herz begrenzt und klein.

In Bild und Sprache rauscht mein Denken,
such ich nach dir, und Lebenssinn.
Nur in der Stille, im Versenken,
da fühl ich dich als der »Ich bin«.

Gisela Wimmer

Namenlos

seltsam wie die Welt sich wendet
wie all die Dinge sich drehen
und mich und mich …
oh Großer Tod – mit offenen Armen
umgreife ich die Welt
vielleicht umarmt sie auch mich
wenn ich ihre Wendung bin
stoße ich mich und schäle mich
grabe fliege falle steige
die Finger voller Erde
die Lungen voller Luft
den Körper mit Wasser vollgesogen
im Herzen die Flamme des Heiligtums
nicht vergessend hütend
Wunden zehren Wunder
seltsam mit der Welt mich wendend
mit all den Dingen mich drehend
war nichts war nichts war eben nur so
nur so voll Hoffnung immer wieder
sehne mich gespannt zu sein
Berührung einfach zweifach einfach
einfach so voll Farben und Licht
stille Augen gründen Tiefe
tief innen wo es lebt
wo Geist und Liebe ist

Alex Förster

Sonnenuntergang

Nicht aufhaltsam versinkt sie,
nimmt alles mit sich,
das großes Leuchten,
die Wärme des gelebten Tages.
Schönheit, ihr Untergang.
Vergehen ohne Schuld.
Ihr Abschied,
goldorange,
verspielt sich am Himmel,
schenkt mir das Abendrot.
Wenn sie gegangen ist,
bist Du da.
Nicht aufhaltsam versinke ich.
Wenn ich mich
nach gespürter Zeit umdrehe,
steigt sie,
ein Spiegel mir,
glutlodernd
aus dem Meer.
Ich gebe ihr alles,
mein großes Leuchten,
die Wärme der gelebten Nacht.
Die Erde dreht mich im Kreis.

Johanna Stephan

Der Morgen

Der Morgen formt sich,
bevor er sich zeigt,
übernimmt den nächtlichen Schmerz,
macht ihn sichtbar.
Noch ist es dunkel.
In meinen Gedanken ist alles,
ist Helligkeit,
die ausschwemmt,
um das Dunkel zu löschen.
Meine Haut flüstert
wie hungriges Rufen.
Unerhörte
Geschehnisse,
die nicht sind,
zerreißen mich,
suchen den Strand,
um an Dir auszuufern.

Johanna Stephan

Erster Entwurf unserer Landschaft

Nicht nur Altes,
Nicht nur Neues,
von beiden Seiten durchleuchtet
und doch ein Eigenes, Dazwischen.

Wir geben dem Land,
das uns vorschwebt, einen neuen Namen.
Einmal ausgesprochen, bestellt es sofort
leichte Feldgehölze mit wohlbegründeten, reichen Rändern.

Ja, die Linie

Ja,
die Linie schwingt ins große, grüne Tal hinüber.
Wir gewahren es mit dem siebten Auge:
Wild wechselt unablässig diese Stelle.
Wir schlagen uns auf die Seite der leisen Rehe
und werfen alle Augenblicke neue Lichter auf Gras.
Während das Tönen weiter anschwillt,
stürzen unsere täglichen Ohren nacheinander ab.
Ja,
das sind alles Zeichen der Nähe.
Gleich werden wir da sein.

Dieter Alexander Boeminghaus

Da ist etwas

Da ist etwas,
das ist nur mit Dir bei mir.
Wenn Du gehst, nimmst Du es mit.
Es mag nicht bleiben ohne Dich.
Es ist kein Weh.
Es ist wie Wind, der fehlt.
Alles steht regungslos,
wartet, hungert stark.
Wenn Du nahst,
ist es schon vor Dir da.

Dieter Alexander Boeminghaus

Wünsche, die sich verfangen
im Geäst,
und den bunten Ballons
geht langsam die Luft aus,
im frühlingsknospenden Himmel

Ralf Sartori

Sommernacht II

Die Musikalität der Sterne
Klagen Saitenlicht gefünftelt
Ist das All ein Abendwind
Trägt die leuchtenden Töne
zu Boden sinkst du Namenloser
rufst du dich und hörst dir nach

Nachtwanderung

Das Sternbild
ein poliertes Saxophon
klingt Nacht sinkt
der geschwungene Himmel
auf ein Bett aus Hall
belichtet deinen schlaf-
losen Gang

Jürgen Bulla

Perpetuum amorabile
Goldenes Licht fließt in blassen Schatten
auf die sonnenträg erweichten Silhouetten im Park.
Liebessatt streifen sie samtschwere Hüllen ab,
schlummern gelb am gefalteten Wegessaum,
verwaschen staubgeschwängerte Gedächtnishügel.
Jazziges Klavier, schlagzeuggestreichelt, trägt Venus vom Olymp.
Nostalgiemelodien baumeln erinnerungssanft an den Samensträngen der Nacht.
Wortsplitter durchdringen den Kopf, Nagelspitzen kratzen nur außen.
Die Sättigung der Lust schärft dir den Blick
in die unausgeloteten Tiefen des wesentlich Lebenden,
kein Hunger versperrt mehr die Sicht auf den Horizont jenseits der Lenden.
Venus dreht deine Muschel um, leg dich zum Winterschlaf und
erträume den nymphenden Frühling.

Maria-Jolanda Boselli

Nur ein Wort

In welche Nebel
kann ich mich hüllen,
wenn nackt
auf dem Markt man
den Blicken der Menschen
mich preisgibt?

Die Sprachen des Körpers,
eiternde Wunden
auf dem verlassenen
Weg zu dir.

Wie einen ein Fieber
befällt mich der Wunsch
am treffenden Wort
zu gesunden.

Jürgen Bulla

Januarsonne

Im Januar beginnt der Frühling,
mach ich mir so zurecht,
weil mir so kalt, weil ich so friere
und in die Wege ein Lied sing,
sommerwärts, immer sommerwärts.

Angesichts des stummen Raubvogels,
der unverbindlich wachend,
auf natürlichen und künstlichen Höhen
neben der Autobahn sitzt,
aufgeplustert,
ob ein aufgeplusterter Mercedes,
unverbindlich,
ihm die Beute schlägt.
Kein Jagen, keine Anstrengung,
nur ein wachendes Auge.

Im Januar beginnt der Frühling
mach ich mir so zurecht!
Und singe wachend
in die Wege ein Lied
und treibe langsam in den Sommer,
um mich an seiner
unverbindlichen Wärme
satt zu essen
für den nächsten Winter.

Wenn Dezemberherzen schlagen,
Silvesterfarben glüh'n und dann –
im Januar der Frühling beginnt,
für mich!

Susanne Nazet

Vorfrühling

Die erste Amsel hört' ich heute singen.
Aus dunklen Ästen tönt heller, klarer Ton.
Schmelzender Schnee tropft noch von den Dächern,
Am nassen Wegrand blüht der Krokus schon.

Und die Amsel singt!

Kalter Wind kann sie nicht mehr beirren.
Ihr Gefieder fühlt schon die wärmende Kraft
Einer Sonne, die, verborgen noch hinter Wolken,
Dem erwachenden Frühling entgegenlacht.

Und die Amsel singt!

Marylka Bender

Frühling

Hast Du das Singen
der Wiese gehört?
Das heitere Lachen
der Blumen?
Im Baß brummen
die Gräser mit
und die Blumen
erzittern betört.

Es drängt sie heraus
Zur Luft und zum Licht.
Sie brechen den Ast,
Sie sprengen den Stein,
dem dunklen Schoß
des Werdens entbunden,
netzt sanft sie
Des Baches fließendes Sein.

Weicher Wind
Und wärmende Erde
Erwidern der Sonne
Strahlende Kraft,
Und die Blumen lachen
Und singen und duften
Dem Sommer entgegen
In Frühlingspracht.

Marylka Bender

frühlinge

ich ging so im park
die schwere feuchtete noch allem grase
darüber horchüber die tierchenwolken
schon vor blauem glase
ja vor blauem glas

und der boden atmete schneller
es zischelte wisperte lüsterte knisterte
raschelte haschelte wuselte kusselte
tierlein und blättchen und auch das wasserchen
flugste und gluckste im bach

da flogen zwei leichte nimmerlinge
aufschnäbelnd zwitschernd und selbstvergessen
hoch in die lauschende luft wirbelnd
und zwirbelnd, in großen bögen
zum brautreinen frühlingstanz

da zog ich mein liebstes vors augenlicht mein
und es duftete köstlichen morgen mir
und tulpete, rosette, narziss und glöckchete
veilchete, treuete, trollete, lindet und birkete
mit so allvollkommenen jubel mich ein

Susanna Bummel-Vohland

Junimond

Vom längsten Tag
erzählt der warme Wind
durchs Schilf raschelnd.

Und herbsüße Wildkirschen
geben ihr Blut für Dich,
zwischen grüngold'nen Feldern.

Ungeküßt schreit der Frosch,
frühlingsenttäuscht, in den Sommer,
ein langes Jahr vor und zurück.

Scheinbar brennt das Wasser,
knisternde Feuer säumen die Ufer,
nur ein Kreis, der Mond im See.

Susanne Nazet

Froschperspektive

Ich bin ein Frosch, als Frosch
und meinem Wesen nach ein König!
Als Frosch erfüll ich meinen Zweck,
scher mich als Frosch um Königreiche wenig,
auch nicht um jenen feinen Ball, den die Prinzessin keck,
vielleicht auch mit Bedacht, herunterwarf in mein Verlies
und mir dafür in süßem Kuß ein Königreich verhieß.
Der güldne Ball hält mich vom Krönungsmantel ab,
weil ich ungekrönt mein Reich in klaren Wassern hab.

Teja Bernardy

Orphischer Wächter

Wie der Liebesgöttin Gestirn wieder sich erhebt
aus dunkelrot verzehrendem Dunst,
leuchtet sie mir samtige Nähe.
Oft schimmert sie auch
auf formschönem Schulterschatten,
knüpft an sich meine Erinnerung
und ewig ferne Zukunft.
Wie sie sich wieder so zu leuchten gibt,
verfluch ich sie fast
und hoffe, daß sie weiß,
wie anders ich es meine.

Orpheus zupft verloren
und nervös an einer Saite,
weiß nicht, ob er noch einmal
seiner Lieben folgen soll.
Noch einmal ganz hinunter
nackt, in immerneue alte Schatten.
Wie das Nichts bespielen,
wenn alle Töne fehlen?

Und Narziß, vor seiner Pfütze,
ein bißchen weiser schon,
will fast lieber still in sich ertrinken.

Auch Pan ist zugegen, gealtert.
Wortkarg sieht er den Tag sich neigen,
nur manchmal kommt sein Seufzer,
bläst er einen Ton und bäumt sich
monoton aufs Neue.
Fast wütend ist sein Blasen,
und hallt noch kurz im Schilf ...

Alex Förster

Poesie brutal

Der Dichter greift mit voller Lust
Weit hinein in seine edle Brust,
Reißt förmlich sich das Herz heraus.
Nun könnt' man meinen,
Ist es mit dem Dichter aus;

Doch falsch gedacht,
Da nun sein Herz erst richtig lacht.
Es hängt nur noch an dünnen Seilen.
Darauf spielt er dann zuweilen
Wie auf der Violine Saiten,
Das stolze Lied seiner hehren Leiden.

Anglerpech

Voller Sehnsucht saß ich,
Traurig, lang am Fluß,
Wollt' angeln mir
Den schönsten aller Fische.
Mit Leckerbissen
Hab ich ihn gelockt,
Bis ich schließlich glaubte,
Daß ich's lassen muß,
Weil ich ihn nicht erwische.

Entschied dann doch
Zu suchen mir
Woanders ab und zu
Ein buntes kleines Tier.
Doch als der Fisch das merkte,
Daß ich beschloß ihn zu vergessen,
Da sprang er einfach raus zu mir
Und hat mich aufgefressen.

Ralf Sartori

Wehmut

Als die Sonne küßt der Bäume Schatten,
Wehmut wächst in meiner Brust,
Wehmut, welche kann es kaum erwarten,
besiegt zu werden von der Lust.

Als dann die Sonne war verschwunden,
hat die Lust sich breit gemacht,
die Lust, dir endlich zu verkünden,
daß du viel Wehmut hast gebracht.

Im Garten

Ich suche heut dein Bild,
im Garten grün und kühl.
Du warst so schön und mild,
ich voller süßestem Gefühl.

Meine Augen funkeln, strahlen,
doch dein Bildnis seh' ich nicht.
Die Bäume flüstern, munkeln,
daß vergessen ich dein Angesicht.

Hans-Jürgen Gdynia

Damals

Ich sah in einen alten Tag hinein.
Von keinem Grau getrübt,
erschien er mir wie jene Zeit,
in der es keine Unruh' gab.
Wie nie erlebt,
so kam er mir von weitem vor.
Sein ferner Zauber weht mich an,
und sondersam vertraut ist das Erinnern.
Es muß ein stiller Tag gewesen sein,
ganz ohne Eindruck und Erleben.
Der Rausch der Blätter ist in mir geblieben,
ein welkes Flüstern beim Spazierengehn,
den erden Duft kann ich noch immer ahnen.
Ich lachte nicht,
ich hatte keine Tränen.
Entrückt von allem ging ich
in eignem Frieden vor mich hin.
Von Trauer wußt' ich nichts,
auch Sehnsucht hatte keinen Schmerz.
Nur Staunen war in mir
und Neugier darauf,
was wohl werden wird.
Mir flogen erste Träume auf
wie Vögel aus den Zweigen,
bevor der Baum von einer Axt erbebt
und sie erschrocken dann ins Weite flattern.
Doch meine Träume wurden wieder ruhig,
als ich sie mitnahm in die Nacht
und in den Schlaf.
Den Tag, den hätte ich
vielleicht vergessen,
wenn seine Sanftheit
nicht so groß gewesen wär'.
Schau ich zurück in viele Jahre
und suche die Beschaulichkeit,
dann ist es mir,
als hatte eben diese nur
an jenem einen Tage
ihre Zeit.

Johanna Stephan

Wir ist nicht alleine

Ich erinnere mich
an alles, was ich Dir
erzählt haben werde.

Wir geben uns wieder,
wer wir sind und
gewinnen erneut eine
große Zukunft zurück.

Mit tiefem Atem trägt
uns der Ozean, in dem
wir baden und aus dem
wir endlos trinken.

Ein kraftvoller Wind
bläst uns Sonnenstrahlen
in unser Lächeln.

Gelassen werden wir und
geborgen in sanften Wogen
schimmernder Lichtflocken.

Erzählen werden wir uns,
wer wir waren und sind,
und werden sein
nichts als Flocken aus Licht:
Wir ist nicht alleine!

Alex Förster

Das Rätsel

Du hast mir alles
zurückgegeben,
alles,
was *Du* mir nicht genommen
hattest.
Du bist in meinem Leben
erschienen.
Und nun scheint es wieder.
Ich kann es nicht fassen,
doch fasse ich es.

Du bist das Rätsel,
du hast mich gelöst.

Johanna Stephan

Spannend

Noch versteckt sich der Tag im Dunkel der Nacht,
als hätte er Angst vor dem eigenen Blüh'n.
Aus der Knospe des Dämmerns wird bald lichte Pracht.
Die Sonne scheint zuversichtlich in Grün.
Der Tag reiht sich ein in den Kreislauf der Jahre,
das hat ihm wohl so der Vortag erklärt.
Ich grüble und tüftle, was ist nun das Wahre?
Gibt es viele, oder einen, der stets wiederkehrt?
Werden sie mehrmals verwendet oder ganz frisch erdacht?
Wo fliehen sie hin nach ihrem Vergeh'n?
Und worin besteht es? Im Einbruch der Nacht?
Oder sind sie nur im Gedächtnis zu seh'n? ...

Johanna Stephan

Parkordnung

Ende März sitzen die Paare noch auf den kalten Bänken und halten sich züchtig an den Händen, doch das Verlangen ist ihnen schon deutlich anzusehen. Auch die Kinder in den Schulen wissen Bescheid. Sie haben die besten Ideen, die dem Leben der Blumen und Bienen entstammen. Bald ist es soweit. Photographen liegen bereits auf der Lauer. Endlich an den ersten sonnigen Tagen gleiten die Paare hinter windgeschützten Mauern ins Gras von den Bänken, und ihre Beine umschlingen sich wie Schwanenhälse. Sobald sich aber schwatzende Spaziergänger nahen, fahren sie auseinander, schlüpfen schnell in ihre Kleider und flüchten in entgegengesetzter Richtung. Man sollte deshalb leise reden auf den Wegen, diese nicht verlassen und, hört man es tuscheln hinter Büschen, besser einen Umweg machen.

Conrad Cortin

Park

Jahr für Jahr vergeht.
Man wohnt am Park,
man bleibt, wo man ist
und verirrt sich doch immerzu.
Der Weg heimwärts
ist der schwierigste.
Wo liegt das denn: das Daheim.
Die Straße dorthin trägt einen Namen,
den man nie gehört zu haben meint.
Durch einen Park muß man wandern,
vorbei an Lustschlössern,
und an Einsiedeleien,
vorbei an einem Weiher,
wo Schwäne aufflattern,
wenn man ihnen zu nahe kommt.
Kaum braust der Wind durch die Frühlingsbüsche
und streut einem Blüten vor die Füße,
schon sind die Wege wieder vereist
und man schlittert dahin wie auf Kufen.

Conrad Cortin

Gärtner
oder nur Grünanlagen-Techniker?

Mehr Poesie des Zufalls und des Zulassens
oder eher ein Übermaß an Reglement
und lebloser Ordnung?

An dieser Frage scheiden sich die Geister.
(Mehr dazu auf den nächsten
beiden Seiten.)

Auch eine Art von
Gärtner-Laufbahn

Schon früh, in jungen Jahren,
Durft' ich der Ordnung Macht erfahren.
Ich wollt' im Wald ein Bächlein stauen,
Zuhause hat man mich verhauen,
Weil Flecken auf der Hose waren,
Von Gräsern, Erde und vom Moos –
Man zog an Ohren mich und Haaren,
Und immer hieß es bloß:
Laß jenes, komm jetzt und tu dies!

Das Bächlein, es entfernte sich
So langsam mehr und mehr;
Das Leben dabei von mir wich,
Es staute sich gar sehr
Im Inneren aus mir zurück,
Bis es entschwand dem Blick.

Desto mehr gefiel dafür
Alsbald die Ordnung mir,
Und vor allem die Macht,
Die mich auch heute noch
Mit kaltem Blick
Verführerisch anlacht.

Später hab' ich nachgeholt,
Was mir als Kind entging,
Weshalb ich mit der Ausbildung
Zum Grüntechniker anfing.

Fortan durft' ich stauen, stutzen
Alles Dickicht radikal ausputzen,
Durfte streng reglementieren,
Mich für mein Schicksal revanchieren.

Selbst hab' ich Natur nie mehr gespürt;
Dafür hab' ich Gartenbau studiert.
Der Chef im Park, das bin ich heute.
Nun kommandiere ICH endlich die Leute.

Der scheue Wanderer muß sich jetzt zeigen.
Kein Unterholz soll für ihn übrigbleiben.
So wandelt niemand mehr entlegen.
Und neben stetig frisch geföhnten Wegen
Wird ab heut nichts mehr betreten,
Auch nicht von Schwärmern und Poeten.

Und ich konnt' es auch nicht mehr ertragen,
Wenn im Dickicht dauernd Paare lagen,
Unter grünen Baldachinen
Und vom Zwielicht sanft beschienen.
Was sie da auf weichem Moose trieben
Hat schier die Ruh' mir aufgerieben.

Hab Leben selbst nicht mehr gespürt,
Dafür hab ich Gartenbau studiert.

Ich lieb' das Leblose, Sterile,
Und Arbeitsfelder gibt's hier viele.
Aus Wiesen machen wir nun Rasen
Und alte Parks zu Grünanlagen.

All diese Künstler und Poeten,
Mit ihrem Gejammer
Von Schönheit und von Seele,
Die angeblich verschwinden.
Sind doch selbst schuld daran,
Wenn sie das noch spüren.
Und erst ihr Gefasel
von Nymphen und Fluidum –
Ich frag mal anders herum:
Wenn sich so eine Nymphe nie zeigt,
Muß sie eben sehen, wo sie bleibt!

Nur manches Mal in dunklen Stunden,
Zweifle ich und seh' die Wunden
Die der Ordnungsgeister Kettensägen
Jäh gemünzt zu Holzerträgen –
Alles ausgeputzt, was alt und eigen –
Seh' der Verwüstung düsteren Reigen.

Ich hab' die Natur eben nie gespürt,
Dafür hab ich Gartenbau studiert.

Ralf Sartori

Kind bleiben

Bucheckern oder Hütchen,
Tau oder Feentrank?
Schuhschachteln als Puppenstübchen,
Joghurtbecher als Schneckenbank.

Wann ist die Welt Dir weggelaufen,
die Dich so fasziniert?
Gewollt die Märchen zu verkaufen,
hat Deinen Blick zensiert!

Mit den eignen Kindern
kommt dieses Land nochmal zurück.
Du kannst es kaum verhindern,
ihr Spiel in dem Theaterstück.

Steigt hin und an doch von der Bühne
und schaut nur einfach zu.
Der Schneemann mit der Gelberübe
lächelt in Eure Winterruh.

Susanne Nazet

Kindlich

Ins Spiel vertieft
und selbstvergessen
hockt der Knabe
still am Ufer,
läßt Schiffchen schwimmen
aus Papier.

Er ist allein,
ist eins mit allem,
paradiesisch
unschuldsvoll.
Mit allen Sinnen
lebt er jetzt.

Oh, stör ihn nicht!
Lass ihm den Frieden,
die Seligkeit
des Augenblicks!
Der Wunder Himmel
ruh'n in ihm.

Ein Sonnenstrahl
küßt seine Augen,
den Rosenmund,
der kindlich lacht.
In seinen Händen
tanzt die Welt!

Gisela Wimmer

Auf der Flucht

Stetig ausgebucht
die Billig-Flieger
nach *Woanders-hin*,
dafür nicht selten leer,
die Säle der Kultur,
Konzerte, Feste, abgesagt,
da oft zu schwierig schon
Ereignis noch in sich zu finden.
Lieber jagt man durch die
Supermärkte der *Events*.

Haben wir verlernt,
uns nicht zu langweilen
mit uns selbst?

Ralf Sartori

Selbstsuche

Habt Ihr nicht mein Selbst gesehen?
Es ist mir verloren gegangen!
Als ich ganz klein war, hatt' ich's noch,
Jetzt ist es weg – vergangen.

Die Jahre haben es weg gespült.
Die Arbeit, der Ehrgeiz, die Liebe,
Jetzt such' ich es und find' es nicht –
Allein geblieben ist das Ich.

Marylka Bender

Leben

Mit Jammergeschrei kam ich zur Welt.
Sie war so kalt, und ich fror,
Ich weinte und schrie nach der Wärme des Bauchs
Und wollte zurück durch das Tor.

Doch gab's kein Zurück und es gab keine Wahl,
Ich mußte lernen zu leben,
zu schaukeln, getragen werden zum Licht,
Und stürzend in Ängsten erbeben.

Ich gewöhnte mich an dieses Hinauf und Hinab,
Auch lernte ich balancieren
und an den Rändern fest mich zu halten,
Um mich nicht zu verlieren.

Schließlich liebte ich, was einst ich gefürchtet.
Ich liebte das Leben, das Sein.
Längst schon hatt' ich den Anfang vergessen
Und stürzte mich mitten hinein.

Nun fühl ich das baldige Ende des Festes,
denn langsamer schon dreht sich mein Rad.
Wie einst zu Beginn ich scheute das Leben,
Fürcht' ich nun ewiges Schweigen im Grab.

Marylka Bender

Die Zeit

Du hast keine Zeit –
Doch die Zeit hat Dich.
Fest hat sie Dich im Griff.

Frei glaubst Du zu schwimmen,
Doch tanzt Du nur auf Wellen,
Nach einem unbekannten Lied.

Du wirst getragen
Von der Welle Gang
Und glaubst, sie zu beherrschen.

Bis irgendwann an einem welken Zweig
Du hängenbleibst
Und nicht mehr tanzen kannst.

Du fühlst und siehst,
Wie Wasser, wie die Zeit
Gleichgültig weiterfließen –

Ohne Dich!

Marylka Bender

Wellen

Das Leben ist
ein weites Meer,
ausgesetzt
den Winden,
die es verändern.

Dem Wellenkamm
folgt Wellental,
Gewißheit
dem Zweifel:
Entweder – Oder.

Das eine ist
genauso gut,
zählt so viel
wie's andre,
immer im Wechsel.

Der Atem fließt
sanft ein und aus,
wogengleich
und stetig,
erhält dein Leben.

Vertrau der Zeit,
die dir gehört
in dieser Welt
des Wandels!

Reite die Wellen!

Gisela Wimmer

Zeit

Zeit als Erinnerung.
Geblieben der Sand Ägyptens
In Europa der Staub.
Die Sphinx als Zeitdenkmal.

Zeit rinnt
Menschen rennen
Zeitstillstand
Herzstillstand.

Wechsel von Verheißung und Erfüllung.
Enttäuschung über den Zeitverlauf.
Zeit heilt Wunden?
Zeit eröffnet Zukunft.

In Katastrophenfällen abwarten.
Aus der Gesamtschau handeln.
Nütze die Zeit!
Als tätiger Mensch nie allein.

Horst Jesse

Jetzt

Das Jetzt wird zum Gestern,
Das Morgen zum Heute.
Ein Wimpernschlag nur das Jetzt.
Ein Verwandter der Zeit,
Der mit ihr fließt und fließt
Und fließt …

Marylka Bender

D' Zeid

Da lebst jetzt in dera endlos'n Wejd
und host ak'rat oa Hand voj Zeid.

Guad. Packs, hojts fest z'samm
und form was, des di g'freid,
bis dei Hand vakrampft und stiabt!

Oda: Nimm dei Hand voj Zeid,
lass' ganz entspannt duach d' Finga varinna
und g'frei di an dem griabign Spuj!

So oda so –
es is ak'rat oa Hand voj Zeid.

Peter Inzen

Sanduhr

Ich halte in der warmen Hand
ein Glasgefäß, gefüllt mit Sand.
Man nennt es wirklich eine Uhr,
dabei sind's lauter Körner nur.

Dreh ich es um, so rennt und rinnt
der Sand heraus und es beginnt
die in sich selbst begrenzte Zeit,
nur eine halbe Stunde weit.

Sind in der Uhr mehr Körner drin,
geht's gar auf eine Stunde hin.
Doch länger kann es wohl nicht sein,
mehr feiner Sand geht nicht hinein.

Ich schau dem leisen Rinnen zu
von der Bewegung bis zur Ruh
am Grunde, der sich langsam füllt,
weil oben sich das Glas enthüllt.

Erst im Betrachten man versteht,
wie zügig doch die Zeit vergeht!
Und nichts hält ihr Verrinnen auf,
sie eilt dahin im Dauerlauf.

Der Sand steigt unten immer mehr,
denn oben wird der Kolben leer.
Gleich ist das letzte Körnchen frei –
die halbe Stunde ist vorbei!

Was hab ich in der Zeit geschafft?
Nur fasziniert dorthin gegafft!
Verflixt, das ist mir doch zu dumm:
Ich dreh die Sanduhr wieder um!

Gisela Wimmer

Auf der Suche
nach Sternschnuppen –
im Aufwand der
    andauernden Vorbereitung
      auf ein *anderswann* –
durch die Zeit,
die wir
        – vermeintlich – *sammeln*,
mit dem Warten
    auf den Startschuß
        zum
          echten Leben,
bleiben viele
        Augenblicke
ungelebt
    auf der Strecke.

Ute K. Fleischmann

ledig

Aller Pflichten ledig,
Auch sonst an nichts gebunden,
Beschäftigt, eigenes Ich zu erkunden,
Darin sich selbst auch nicht gefunden,
Reift endlich der Entschluß,
Sich jenes harschen Ichs auf Dauer zu entheben,
Zurück zu dem, was näher ist:
Das eigne Leben.

Teja Berardy

Wohin?

»He!, wohin so eilig?«
Ich erschrak. Ich hatte gar nicht gesehen, daß
da noch andere waren. »Ich? Ich weiß nicht.
Ich laufe. Nur so. Zum Spaß!«
»Aber das ist doch Unfug! Man muß doch
ein Ziel haben. Sieh uns an!«

Tatsächlich schienen sie alle
ein Ziel zu haben, dem sie sich
entgegenmühten.

Verschüchtert reihte ich mich ein.

Erst jetzt erkannte ich, daß
gar keiner vorankam.

Peter Inzen

    Steh auf
        du mußt keine Totenwache halten
    die Nacht ist spät
    lösch deine Kerzen
        und wisch dir die Tränen
    aus dem Aug
    die Nacht ist lau
        nimm den Hut
    geh durch das Tor
        du mußt keine Totenwache halten
    lösch die Erinnerungen aus
    die Nacht ist weit
        steh auf

Sabine Bergk

Melancholie und Flanieren

Eindrücke beim Spazierengehen –
Heute sind sie mir wie Herbstlaub:
ein kurzes Aufleuchten und Verwehen.

Melancholie und Flanieren

An manchen Tagen gehören sie zusammen
wie ein Paar, das aneinander
nicht Erfüllung findet, voneinander
aber auch nicht lassen kann?

Vorbeiwehende Eindrücke
wie fliegendes Herbstlaub.

Melancholie bleibt,
wo im Vorübergehen,
anderswo dem Anschein nach,
schon längst ein Frühling keimt.

Ralf Sartori

Von Raben und Rehen

Die Raben

Die Raben
haben
Hunger.
Ich
habe
Nichts
für Raben,
auch
wenn sie
Hunger
haben.

        Rehe

        Mit Rehen
        durch Alleen
        gehen
        und
        keine
        Menschen
        Sehen.

Schwanengesang

Einsamkeit
frißt mich auf,
doch
Gesellschaft
kann ich nicht
ertra-ha-gen.

        Die Krähen
        krähen sich
        heiser,
        leiser
        sind Rehe,
        die gehen
        auf Zehe.

Susanne Schönharting

Herbstlich

Nebelschwaden, silbergrau,
ruhen sich im Grase aus,
tropfend von den Halmen.
Oh, wartet noch,
bevor ihr Farben löscht
und Fülle!

Wolkenhimmel, regenschwer,
stürzt auf sattes Grün herab,
pflückt die roten Blüten.
Oh, hell dich auf
für einen Sommertag
und tanze!

Kühler Atem, reifbehaucht,
streift der Spinne zartes Netz,
läßt es leise schwingen.
Oh, fliege fort
ins Land des Irgendwo,
verwehe!

Bleiche Sonne, sommermüd,
sammelt ihre Strahlen ein,
löscht die Sonnenuhren.
Oh, wärme noch,
nur eine Stunde lang!
Ich friere!

Gisela Wimmer

In manchen Ästen hängt ein Rest
des abgelauf'nen Sommers lose noch,
während andere Bäume schon sich
in des düstern Winters Nacktheit kleiden.

Unwirklich raschelt Laub mit jedem Schritt,
im dämmernd trüben Licht dem Blicke bald entzogen

Ralf Sartori

Herbst

Morgenwind spielt bunten Blättern
herbstens einen letzten Reigen.
Zögernd, schwebend, sich zu erden,
welken sie im Chor und schweigen.
Und sie träumen von den Nestern,
darin kleine Vögel wohnten,
deren Werden sie beschützten,
und die zwitschernd sie belohnten.
Vergehend häufelt sich Erinn'rung,
jedes Blatt ist dicht beschrieben.
Und im Rascheln ihrer Sehnsucht
grünt noch einmal all ihr Lieben.
Knisternd liegen sie und lauern,
lassen sich vom Windhauch kräuseln,
wollen in erlaubten Haufen
von verzweigten Zeiten säuseln.
Jedes weiß noch, wie's gewesen,
als der Knospe es entsprang,
Frühlings Winde es liebkosten,
baumelnd war vor nichts ihm bang.
Keines dachte je ans Welken,
und der Sommer wurde groß.
Das Entfallen schien den Blättern
ein kaum vorstellbares Los.
Nun, da sie am Boden liegen,
flehend bricht der letzte Traum.
Und ich glaub', sie fühl'n wie ich es:
Wär' noch einmal Zeit und Baum.

Johanna Stephan

Ernte

Ich wandre still
durch meines Lebens Herbst,
atme dankbar Farbenpracht
in einer späten Sonne.

Des Laubes Gold
verstreut der Birkenbaum
auf das dürr gewordne Gras
und lila Herbstzeitlosen.

Manch reife Frucht
füllt meinen Erntekorb
mit des süßen Sommers Duft,
bewahrt ihn für den Winter.

Was bleibt zuletzt?
Bald ruht die Sonnenuhr
in der Wolken Schatten aus.
Erinnerung wird wärmen.

Ich denk zurück
an das, was köstlich war:
Aus dem Blütenbaum der Zeit
pflück ich mir Traumsekunden.

Gisela Wimmer

    <u>Schmetterling,</u>
leichtes Ding,
fliegst so unbeschwert dahin.

                 <u>Autobahn:</u>
                 Raserwahn.
          Fahrer fühlt sich voll Elan.

    Farbenfroh
schwebst du so
sorglos in den nahen Tod.

                Rücksichtslos
                  braust er los,
        merkt nichts vom Zusammenstoß.

Wurd'st nicht alt!
    NATUR   –   GEWALT   ?

Peter Inzen

Was fangen wir an?

Was fangen wir an
mit den Liebesfetzen,
die überall
in unsrem Alltag liegen?
So viele Tage
hab' ich mich von mir
entfernt.
Bin durch Deine Tür gegangen,
hast meinen Atem angehalten,
bin in Deinem Augenmeer
geschwommen.
Etwas von mir hab ich
wiedergefunden,
in Deinen Räumen.
Ein paar lose Stunden
meiner vergangenen Jahre,
liegen in Deinen Regalen.
Dein Blick sucht mich,
wie Du ein Gemälde musterst.
Ich möchte aus dem Rahmen fallen.
Mit nackten Füßen im Sand
Deiner Träume
neue Spuren gehen,
erst zaghaft
und dann laufen ... rennen!
Die Wellen
spielen mit den Zehen,
umspülen unsre Sandburg,
Luftschlösser ziehen vorbei,
so endlos blau und weit
der Himmel.

Laß uns die Wolkenfetzen
sammeln
und ein Puzzle für die
Ewigkeit
an die kahlen Wände
der Welt hängen.

Susanne Nazet

Späte Sonne

Farben explodieren
im goldenen Licht.
Oktobertage streicheln,
samtweich und kühl.

Meine Tränen trocknen,
eh ich es gedacht,
auf sonngewärmter Mauer
im Silbermoos.

Nutzlos ist die Trauer,
weil alles vergeht!
Bald wirbeln weiße Flocken
aus Wolkengrau.

Letzte Rosen frösteln
am dornigen Strauch.
Ich möchte mir bewahren
ihr Feuerrot!

Welkt auch meine Liebe
im eisigen Hauch
der unerfüllten Sehnsucht
nach Ewigkeit?

Ich fühle in Erschauern,
daß gar nichts bleibt,
was ich so sehr begehre.
Oh süßes Jetzt!

Gisela Wimmer

Advent

Welch schauerlich, schöner Klang,
wenn Steine über das Eis hüpfen,
der Winter dauert noch lang,
möcht' so aus meinem Kokon schlüpfen.

Knirschend preßt es Kristall auf Kristall,
dann schneit es auf Deine Spur.
Des Stimmengelächters lauter Schall,
verliert sich auf silberner Flur.

In die Stille schreit ein wildes Tier,
am Waldrand fallen bleierne Schüsse.
Ab heute sind es der Kerzen noch vier,
ein Hirsch tritt dem Jäger in die Nüsse.

Ich glaub', heut haben sie's gecheckt,
was hinter »Merry Christmas« steckt.

Der Nikolaus schreibt auf ein Blatt,
»kein' Bock mehr auf den schweren Sack.«

Die Tanne spannt sich zu 'nem Bogen,
der Bauer ist grad' abgehoben,

kracht in einen Lebkuchenstand,
die Motorsäge noch in der Hand.

Der Glühwein rinnt durch alle Straßen,
durch's Dorf zieh'n besoffne Osterhasen.

Die Grünen demonstrieren mit braunen Hüten,
gebt den Eichhörnchen die Nüsse aus den Nikolaustüten.

Ein Mädchen an der Krippe fragt ganz sacht:
»Opa, wer hat der Jungfrau ein Kind gemacht?«

Gott zieht sich grinsend in die Wolken zurück,
die Erde schleift weiter sein Meisterstück.

Susanne Nazet

Frohe Weihnachten allerseits
Weihnachten bleibt an der Oberfläche.

Weihnachten bleibt an der Oberfläche,
und unten stehen die Stricher
auf der »Öffentlichen«,
na auf der Toilette am Odeonsplatz.

Üblicherweise geh ich sonst,
auf dieser Route in's »Tambosi«,
entflieh', zu diesem Anlaß, dort ganz leicht,
der Außenwelt – bei einem Kaffee.

Hier geht es aber nicht hinaus,
es ist die andere Türe – dort,
sagt heute grinsend zu mir einer
in festlich glänzend schwarzem Leder.

Da siehst Du es einmal:
ganz unten scheint's genau wie oben,
überall nur herrscht in diesen Tagen
ein reges Treiben ums Geschäft.

Kein Ausweg aus dem Wirrwarr – nirgends.
Denn selbst Kaffee-Oasen sind verschlossen,
mit billiger Hochglanz-Weihnachts-Deko,
und durch retortenhaftes Festgeheul vom Band.

Bei so viel Käuflichkeit und Lug und Trug
könnt ich doch gleich zu Karstadt laufen
und mich in Künstlichkeit und Pseudoglanz
ergehen, bis mir die Sinne, gnadenhalber, schwinden.

Unnachgiebig dreht die Welt
sich weiter aus den Angeln
und hängt dabei schon lang
an manchem Haken fest.

Man könnt beinah ihr Ächzen hören,
in der stillen Zeit.
Doch man könnt auch einfach nur
der Winterstille lauschen,
die wie ein weißer Mantel, heilend,
sich um alle Wunden legen will.
Man könnte, ja, man könnte.
Aber wo?

Ralf Sartori

»Christ«-Rosen

Weihnacht, das ist doch die Zeit,
wo immer
unsere Zwangs-neu-Rosen blühen,
pünktlich, alle Jahre wieder
mit dem Christus-Kind.

Dagegen kommt man nicht an.
Fast scheint's,
als würden dafür von außen
die Knöpfe gedrückt.

Und schon funkeln überall
mit festlicher Deko,
die inneren Scherbenhaufen
um die Wette.

(Dabei ist's sonst
doch nicht so schwer,
ohne Kerzen, ohne Schnee,
den Duft und leisen Liedern,
allein nur durch unsres Lebens
Peripherie zu schweifen.)

Ralf Sartori

wohl getan

Gott erschuf die Welt, erschuf Natur, die Arten,
erschuf die Menschen, die nun warten
auf Zufriedenheit und Glück.
Gott blickt auf sein Werk zurück,
murmelt in den Götterbart,
ganz nach aller Götter Art:
Zufriedenheit und Glück, ihr Affen,
sollt ihr gefälligst selbst euch schaffen.

Teja Bernardy

Jahresringe

Ein Kreis hat wieder sich geschlossen,
den ich doch eben erst begann!
Noch brennt mein Feuer unverdrossen,
bis es verglüh'n wird irgendwann.

Wie rinnt die Zeit mir durch die Hände!
Kein Bitten hält ihr Strömen auf.
Was auch geschieht, geht bald zu Ende,
denn flüchtig ist des Lebens Lauf.

Ein Jahr ist wie ein Buchkapitel
aus einem spannenden Roman.
Ich denke nach, such nach dem Titel,
den ich ihm ehrlich geben kann.

Wie viele Seiten sind zu lesen
bis hin zum letzten Wort und Schluß?
Bin ich der Kapitän gewesen
auf meines Daseins wildem Fluß?

Ob Jahresringe, Bücherseiten
und ob der Kerze Feuerschein –
die Bilder Worte stets begleiten,
erhellen sie durch Farbigsein.

In Rückschau halt ich leise inne
und danke für ein gutes Jahr,
bevor ein neues ich beginne,
bewußter werdend als ich war.

Gisela Wimmer

Stille

Du weite, kühle, sanfte Stille,
umfange und beschütze mich
vor allem Lauten, sei mir Hülle
und heile du mein müdes Ich!

Des Tages Lärm dröhnt in den Ohren,
es überwältigt mich der Schall.
Fühl ausgesetzt mich und verloren.
Mir fehlt die Ruhe überall.

Will meine Flügel gern entfalten,
besinne mich auf das, was zählt.
Um Kraft und Dasein zu erhalten,
entflieh ich in die dunkle Welt.

Des Nachts nur hör ich dich, du Stille,
erfreue mich am stummen Klang,
genieße deiner Leere Fülle,
die ich gesucht mein Leben lang.

Berühr mich bitte auch am Tage,
bleib tief mir als heller Kern,
daß ich den blauen Mantel trage,
der wärmt und hält Zerstörung fern.

Du weite, kühle, sanfte Stille,
ich grüße und umarme dich!
Geborgensein in deiner Hülle
ist Trost und Seligkeit für mich.

Gisela Wimmer

Dichter
sind
himmlische Fußgänger.

Sich wundern

heißt
den Zauber des Lebens
        anzuerkennen.

Hockend
meckere ich darüber

daß mir

    die Trauben

    zu hoch

        hängen

Ute K. Fleischmann

Was der Bücherbaum für dich

Hängen Bücher in den Ästen,
drehen sich im Tanz im Wind
mit der Macht von Zauberfesten,
die im Wort versunken sind.

Sind verankert in den Tiefen,
in den Träumen, im Warum.
Wie in unsichtbaren Briefen.
Drehen sich im Herzen um,

in vergessenerer Mitte,
wo ein Kind ist und ein Wenn –.
Werfen Fragen in die Schritte
der Vorübergehenden

plötzlich wie ein Schlag im Zen.

Wenn man dürfte. Wenn man wollte.
Wenn man lebte Wort für Wort,
das aus solchen Büchern tollte
mitten in den toten Ort,

der »Gewohnheit« heißt und »nie«.
Nie mehr kannst du. Nie mehr wirst du.
Niemals traust du dich wie die.
Dir hört niemand jemals zu.

Besser, alles bleibt in Ruh'.

Dorthinein trifft dieses Drehen.
Zeigt den Schatten, der zerbricht.
Ein erschreckendes Verwehen.
Solchen Schlag vergibt man nicht.

Muß man packen, muß zerreißen.
Wann wird's wieder Bürgerpflicht,
bunte Wände auszuweißen
und die Freiheit, Schicht für Schicht?

Oder kann's noch anders sein?

Kann es sein wie nie gewesen,
eine Blume, fast aus Licht,
blau und klein, ein Morgenwesen –
und ein Lächeln im Gesicht,

nicht ein Reim bloß. Der verglüht.

Eine Antwort, die erblüht
wie ein ganzer Sehnsuchtsgarten.
Und so heiter. Unbemüht.
Kann es sein auf viele Arten –

da sein, ohne noch zu warten.

Wolfgang Uhlig
5./20. Juli 2008

Dieses Gedicht entstand als Antwort (und als Frage) auf mehrere Akte von Vandalismus, die leider im Sommer 2008 den »Bücherbaum« des Projekts »Nymphenspiegel« trafen, der seit 2007 im Botanischen Garten in München steht. (Text zur Einweihung des »Bücherbaums« in »Nymphenspiegel« Band III.)

Oft genug
in unserem Leben
stellen wir uns
an eine
       ausrangierte Haltestelle,
warten
und wundern uns,
daß der Bus nie vorbeikommt.

Demut
ist die Dankbarkeit
für das Fühlen
       einer Ahnung
von wunderbarer, göttlicher
       Fügung.

Ute K. Fleischmann

SMS – Poesie

Autogedichte, die allermeisten. Entstanden auf dem morgendlichen Weg in den Tag. Den Schultag am deutschen Museum und dann, an der Isar entlang, hinein in das Beben der Stadt. Oder stadtauswärts, feierabendstromgeleitet. Polizeiwachsam eingetippt in eine völlig unzeitgemäße Nokiatastatur, die Modern-Times-Gabriele, sozusagen. Kurzzeitpoesie, flüchtig wie eine Ampelphase. Gedachter Zwischendurchkonsum.

Die Stadt feuchtelt wie ein frisches Aquarell: Bläue himmelt hintergründig, braunweiß gemagerte Bäume schattenjagen auf Safranfassaden. Der neue Museumstag öffnet im Stau seine Pforten.

Kaum haben sich die letzten Bäume entblättert, schmilzt der Sommer. Zimt weht würzig um die Dächer, und der Tannen grüne Fächer spreizen sich im Kerzenlicht.
Noch die Schatten schmecken pudersüß in dieser stillen dunklen Zeit, und die Trauer trägt Kapuzen.

Wieder auf Gottesnähe-Suche, himmelsleiternklimmend. Gipfel leuchten in blassen Ketten, Tannen wipfeln herbstgrün über nebelbleichen Wiesen. Die Sonne flüstert ihr süßestes Abschiedslied hinaus über viehentseelte Weidenzäune.

Schneerwartung. Weiße Stille. Decke. Tuch. Verhüllt. Versteckt. Entdeckt die schwarze Tiefe, die an allem nagt. Verzagt.

Windweib weht durch wilde Träume. Jagt dem Auge des Sturms entgegen, der Stille, in der Zeit und Sehnen ineinander gleiten. Traumgeschehen. Wirklichkeit.
Winterwindsbräute fegen den Himmel mit eisigen Besen. Verwirbeln die Pfade, durchkämmen die Bäume mit Harpienfingern. Regnen braunweißgraue Blätter wie Pfeile herab.

Schiefertauben aufgereiht am stadtschwarzen Backsteinfirst. Herbstperlen am Winterdekolleté, und der Himmel schlägt graue Falten. Schwefelfarben droht der Schnee.

Draußen fallen weiche Flocken. Zum Anbeißen dick und so zart wie die allererste Liebe. In großen Kinderaugen spiegelt sich überschäumende Eiszeitfreude ...

Einheit macht stark: Eine kleine Flocke schmilzt himbeermild auf meiner Zunge. Zehntausende ersticken das Gähnen der Morgenstadt unter grauweißen Laken.

Zärtliche Worte: Wenn ihre Brücken fielen, wäre das Dunkel undurchdringlich.

Graue Reiter jagen am Horizont nach dem leuchtenden Gral. Ihre blauen Schleier verschleppen die Dunkelheit, malen im Vorüberhetzen rotes Gold in die Fassaden.

Der Himmel hat den Tag verpennt. Ungewaschen schmutzigweiß und stinkend erdrückt er Membrane und Glieder der Stadt. Frost verklebt die Poren, bläst die Augen aus.

Die erste Kerze. Der zweite Schnee. Die dritte Mahnung. Sieh, die gute Zeit ist nah. Sieh? Wer öffnet die Augen nach innen? Für alle. Gratis? Umsonst? Adveniamus.

Bleichkreis hinter Winterschleiern. Weißversprechen goldgewirkt auf eisbeperlten Spinnenästen. Siegt die bleigewölkte Lust?

Wie schmeckt der Winter? Nach Zimtmandeln, Orangen und schwarzem Schnee. Wolkenwattig, hagelscharf. Glühweinwarm und schokoknackig. Kußgerecht verdunkelt.

Dieses Gefühl, das meine Hautflächen kräuselt, vermittelt nur durch einen Klang, einen Duft, einen Nebelstrich! Und schon explodierst du in mir, sternenglutbunt.

Zwei Körper aufeinander wie Blätter in einem Lorbeerkranz. Durch das Pergament deiner Haut flattert dein Herz gegen meine Rippen. Laß es fliegen.

Die Weihnachtswunschfee hält Geschenketee. Angenommen mal, du hättest die Wahl? Das Wertvollste, das Flüchtigste, Gegenstadt unseres Sehnens wie unserer Angst. Frei von allem, an alles gebunden. Freundfeind, gefangen und ungezähmt, endlos begrenzt. ZEIT ...

Lichter brennen Löcher ins fasrige Nebelgewebe. Rot grün wie vergessene Christbaumkerzen. Die eisweißen Wiesen umarmen in Kälte erstarrende Wasser. Doch schon recken sich Statuen keck der rostigen Sonne entgegen. Heben ihre Schatten vom Brückenrand. Strecken sich an der Morgenwand.

Fünfuhrrosa gefrostet wirft der Turm die sinkende Sonne zurück auf den abenderleuchteten Himbeerhimmel. In Scherenschnittbäumen nistet indiskret keifernd eine Schar schwarzer Rabenkälte.

Leuchtendes Blaß glaciert kahle Auen. Schnee fleckt weißverlassen auf der Museums-Sandbank. Der Windmesser über dem grauen Wasserband schläft. Schulstundenstille.

Schwermut umhüllt mich. Wochenwerkmüde vor Tagwerksbeginn. Hamsterradzweifelnd. Ubi est Deus qui me ex macchina ducet?

Wochenmittgedanken. Halbentworfene Wortskizzen lauern in den Feierabendschubladen meiner Kreativität, überdauern den Abend, erwarten dein Morgen. Sinken erschöpft in die Merlinswinkel zwischen Plättbrett und Elektroherd.

Eiszeit. Ohne Geschmacksauswahlchance? Ich hätte gern Cappuccino auf der Morgenwindschutzscheibe! Und dann viel Herzenswärme als zarten Schmelz. Obenauf einen Berg Schlagoberswolken, lichtgebräunt.

Der Schnee demonstriert mit anarchistischer Gewalt. Friedlich und endlos weißleise türmen sie weich unüberwindliche Blockaden auf. Braune Trümmer säumen das Schlachtfeld von Mensch und Natur.

Über den Isareiswiesen schwimmt ein einziges rosa Auge im blauen Sonnennebel. Der Fabrikschlot gießt heißen Atem auf die erstarrten Brücken der Freimaurerstadt.

Dunkelmorgen verbirgt sein stilles Geheimnis minutencodiert zwischen fliehenden Wolken und spätnachtblauem Asphalt. Vögel morsen ihr Lustalphabet von Baumhaus zu Luftschloss. Ich belausche den Tag ...

Ein grüner Schrei umarmt die aufgequollnen Fluten. Gießt klebrige Tentakel in den feuchten Tag angelt fette Tropfen aus dem Wolkenschieferschirm. Mai blutet die Stadt aus allen Poren. Herzwärts schwimmt ein Liebeston.

Hast nicht auch du zuweilen Lust, dem jungen Tag die Kapuze übers Auge zu ziehen und dich wegzudrehen auf die Wandseite der Stunden? Dich dem Espressoaroma des Morgens schlicht zu verweigern? Doch lichtkitzlig lockt Neugiersonne jenseits der Kissennacht. Widerstand zwecklos.

Zwischen Kühlregalen Frischobstständen Flaschentürmen fällt mich panisch Freude an. Nach langem Hunger stillt ein zartes Wort den Durst. Auf der Kundenwaage liegt die Sehnsucht schwer.

Heute *kommst* du! Vor-Freude schaukelt sich auf in mir. Unsere Gezeiten sind weit und die Ebbe tief. Aber wenn die Flut dann *kommt*, ist sie gewaltig. Umwerfend. *Komm.* Zu mir in mir mit mir.

In den späten Morgenstunden hat Augenzeugenberichten zufolge der Sommer den Kalender durchbrochen und den Herbst mit zartbitterer Wärme erobert, mit wehenden Mänteln verbrennt er die Straßen.

Was tanzen die Jugendstiltürme auf dem morgenpolierten Wolkenparkett? Keinen Kutschengalopp. Keine Zweitaktgigue. Zum Bassocontinuo am Stachus stehen sie stumm Salut.

Ruhe schwebt über der Stadt. Stille tränkt die sonnensatten Schluchten. Schon schwimmen graue Wolkenherden auf dem verkatert blassen Himmel heran. Und in den Abfallhaufen fault der Lebensinhalt patriotischer Emphase. Das Spiel ist aus, die Welt fährt nach Haus ... und nimmt die Sonne wieder mit. Fahnensturz.
(Nach der Fußball-WM)

Herbstsonnenwohligkeit schmiegt sich in deine Gedankenwolken. Vertreibt Dunkelahnungen.

Der Himmel weint stille Sommerwindtränen. Ein gelbes Meer schwillt unter meinen Schritten, zaghaft nur entblättert sich Oktober in der herben Dämmerung.

Es ist Herbst geworden. Blätter blaß Straßen naß. Goldenes Licht das die Nebel durchbricht. Sommerende Winterwende. Leere Seelenhände.

Zuzeiten treibt mein Ich Unruhetriebe. Flammen fahren ins Blut und die Brust wird mir kalt. Rapunzelhaarsträhne ergraut am verlassenen Turm. Warum drehst du dich nicht um?

Herbstfarbendüfte: Orange. Kürbis. Braun. Satte Erde. Rostrot. Sommermüdes Laub. Gelb leuchten Sonnensehnsuchtsblumen. Nebel dämpft die Blicke wärmt mein Herz.

Verregneter Wies'n-Start. Aufwachen nach einer Nacht, die die Sorgen genährt hat wie dunkle Höhlen die Schlangenbrut. Und dennoch: Lautes Leben schaukelt sich hoch hinauf in den klebrigen Zuckerwattenhimmel.

Maria-Jolanda Boselli

Machttrunken

Gewöhnlich gibt's vier Jahreszeiten.
Das gilt eigentlich für alle Breiten.
In München gibt's 'ne fünfte, sechste.
Derweil komm ich mit Zählen nicht mehr mit,
weil ich für Festbier mich entschied,
das nach knapp zehn Maß mich regelrecht verhexte.
Animator, Dominator und Salvator sind Spezialitäten,
die anderswo auch wohl andern schmecken täten.
Auch empfehl ich Sonderposten
Mit »ator«-Endung zu verkosten.
Jedoch Usurpator, Imperator und Diktator, neu entdeckt,
durch George Dubbeljuh grad sehr bekannt,
sind nur ein fad Gebräu aus zweiter Hand,
das keinem Demokraten schmeckt,
beim Anschaun Rausch und Kopfschmerz bracht,
als hätten wir 's schon ausgetrunken,
nur weil ein Gewohnheitstrinker Politik jetzt macht,
als wär er immer noch berauscht, total betrunken.
Ohne zwecks Gesundheit angepriesener Reform
␣täts wirkungsvolle Pillen endlos gratis geben,
die stärken, bewirken Mut und Kräfte ganz enorm,
George Dabbeljuh mit Schwung eine zu kleben.
Zum Schluß ich nur die Frage hab:
Was hält wen warum davon bloß ab?

Teja Bernardy

Von jenseits des Gartenzauns

Essay, Erzählung und Historie

Innenansichten von der Wies'n

Ein Traumjob im Hexenkessel –
als Bedienung in einem Oktoberfestzelt

»O'zapft is.« Magische Worte, die jedes Jahr wiederkehrend die Theresienwiese zum Dreh- und Angelpunkt der Welt machen. In Strömen fließt nun das Bier aus den Zapfhähnen, begleitet von zwölf Böllerschüssen am Fuße der Bavaria.

Die Schutzheiligen der Wies'n
Was wäre das Oktoberfest ohne die Bavaria? Mächtig und erhaben, stolze 18,5 Meter hoch, mit dem Löwen an ihrer rechten Seite und dem Lorbeerkranz in der linken Hand, heißt sie die Besucher willkommen. Ein Bild weiblicher Urkraft, das im Sonnenlicht eine warme, ja geradezu sinnliche Ausstrahlung bekommt. Wer sich auf ihren lockenden Charme und die glänzend funkelnde dunkle Verführung einläßt, den erfüllt alsbald eine besondere Kraft.

Es scheint mir, als ob sie gerade während der Wies'n nicht nur die Schutzpatronin Bayerns sei, sondern auch die des gesamten Bedienungspersonals.

Wenn mir meine Kraft und mein Durchhaltevermögen ab und zu davonlaufen, gerade so wie sich das Kettenkarussell atemberaubend in den Himmel dreht, stelle ich mich in ihre Kraftlinie und lasse mich inmitten der dichtgedrängten Menschenmasse davon durchströmen.

Aloisius, so heißt mein männlicher Schutzpatron während der Wies'nzeit. Nicht nur, daß er engelsgleich durch das Zelt fliegt, sein Bild steckt auch an meiner Dirndlbrust.

Es war meine erste Wies'n: Acht Maßkrüge standen schon Wochen vorher in meiner Küche. Ich übte mit ihnen die besondere Technik, sie mit Schwung an meinen Busen zu drücken. Dann: Wie schaffe ich zehn, vielleicht zwölf oder sogar vierzehn? In dem Moment noch unvorstellbar. Doch das »Gewußt wie« sollte ich bald hautnah erfahren.

Auch von dem Fassungsvermögen eines Schlittens hatte ich vorher keine Ahnung. Der Schlitten ist das Tablett, das auf der linken Schulter in Stoßzeiten mit bis zu 30 halben Hendln durch die Menge bugsiert wird.

Meine Horrorvorstellung war, daß mir ein Gast in den Schlitten rennt, mir die heiße Soße vom Schweinsbraten den Rücken runterläuft und ich das Tablett vor lauter Schmerz in hohem Bogen in die Masse werfe.

Bei diesem Gedanken habe ich sofort mit Aloisius geredet, der mir versicherte, es werde mir nicht passieren. Und er hat sein Versprechen gehalten. Jedes Mal, wenn ich mit dem voll beladenen Schlitten aus der Küche kam, habe ich ihn gerufen: »Aloisius, es geht los! Mach mir bitte den Weg frei.«

Das erscheint dem außenstehenden Betrachter fast unmöglich. Drängt sich doch in den Gängen alles zum Flirten und zum »Mir san d'Wies'n«. Da hat doch keiner ein Auge für die Bedienung. Und bei dem Lärmpegel nützt auch die Trillerpfeife als Alarmsignal nicht viel. Ein innerliches »Weg frei«, möglichst mit einem Lächeln im Gesicht und dazu der Aloisius. Er macht's möglich, auch in den Momenten, in denen ich meine, daß gar nichts mehr geht, ich völlig alleingelassen in dieser Bierhölle bin, mich durchkämpfen muß und ein Stoßgebet nach dem anderen zum Himmel schicke.

Neben den vielen netten Gästen wird allerdings auch mal der eine oder andere übermütig frech und unverschämt und greift ins Essen auf dem Schlitten. Ich kann nichts machen; bis auf meinen »Finger-Weg-Blick«, den ich wie einen Blitzstrahl aussende. Kolleginnen erzählen, daß eine Currywurst oder das halbe Hendl vom Teller geklaut wurde oder Stücke vom leckeren Kaiserschmarrn. Das geht alles auf Rechnung der Bedienung, außer man erwischt den Übeltäter. Natürlich hilft da mein Aloisius auch mit.

Was haben ZEN-Buddhismus und die Wies'n gemeinsam?

Heute fängt mein Dienst erst um zwölf Uhr an. Gelegenheit zum Ausschlafen und per E-Mail mit meiner anderen Welt Kontakt aufzunehmen. Im Rundbrief des »Münchner ZEN-Kreises zur Lebenskunst« lese ich über Meditation und eine dazu passende Laudatio auf die Wies'n-Bedienungen. Ah, endlich jemand, der diesen Job versteht. Sogleich antworte ich aus dem Voll-Mitten-Drin-Sein, daß das Oktoberfest ein Phänomen ist, das nur bis zu einem bestimmten Punkt erklärbar ist. Darüber hinaus ist es ein Whirlpool der menschlichen Gefühle mit ihren Höhen und Tiefen, wie beim Achterbahnfahren.

Weiter lese ich: »Die Gegensätze können nicht krasser sein. Wie intensiv eine kurze Meditation sein kann, wissen viele aus eigener Erfahrung. Dazu einen Tag später: Oktoberfest mit Kollegen. All die Glücklichen mit Einlaßkarten dürfen auf den wippenden Holzbänken tanzen und den Refrain ›We are on the highway to hell‹ was soviel wie ›wir sind auf der Autobahn zur Hölle‹ bedeutet, mitsingen.

Verbinde Dich mit den Elementen und befreie Deinen Geist. Das, was wir am Montagabend in der Meditation versuchten, dürfte so mancher nach vier Maß Bier auch irgendwie geschafft haben. Am meisten hat uns jedoch die Bedienung beeindruckt: eine zierliche junge Frau, die den ganzen Abend lang Maßkrüge durch die Gegend schleppte – pro Ladung geschätzte 15 bis 20 kg. Sie blieb stets freundlich und ruhig, meisterte das Chaos souverän, egal ob sie sich durch die engen Gänge zwängen, Fragen beantworten oder kassieren mußte. Da war nichts Aufgesetztes, nichts Gehetztes, nichts Genervtes. Ich glaube: Buddha höchstpersönlich hätte an diesem Abend auch nicht mehr Trinkgeld bekommen als sie.

Wenn ich das nächste Mal wieder genervt bin, werde ich mich nicht in die große Stille zurückziehen, sondern lieber an die Wies'n-Bedienung denken und das Mantra ›Hölle, Hölle, Hölle‹! rezitieren.«

So gestärkt mit »Lebenskunst« werde ich heute mit meinen Maßkrügen im Arm durch die Gänge schweben.

Wies'n-Stichpunkte

MASS BIER: schaffe gut meine acht Maß. Steigerung möglich.

ESSEN: mit vollem Schlitten durch die noch volleren Gänge. Aloisius ist dabei. Vergelt's Gott.

TRINKGELD: von einmal gar keins bis oft sehr gut. Die Gäste aus Amerika, Kanada, England, Australien und sogar der Mongolei geben gerne Scheine. Auch die Bauern, die von der Landwirtschaftsmesse kommen und auf Brautschau sind. Da fängt Mann doch gleich bei der feschen Bedienung an.

SPASS: haben wir draußen, im sogenannten Garten immer, auch bei schlechtem Wetter. Die Leute wollen einfach eine gute Zeit haben ... wir auch. Und wenn einmal ein Miesepeter dabei ist, wird auch der mit einem Lächeln weichgekocht. Ich habe viele nette Gäste. Auch für meine Besucher aus der ganzen Welt soll die Maß von mir unvergeßlich bleiben. Schließlich stehe ich für die bayerische Tradition, guten Service und Lächeln. Es gibt sie auch, die Gäste aus Übersee, die Beifall klatschen, wenn ich meine Ladung Bier schwungvoll auf den Tisch setze. Und gleich noch mal fürs Photo.

UNTER DEM DIRNDL DER BEDIENUNGEN: Zur allgemeinen Belustigung veranstalten wir immer mal wieder eine Modenschau mit dem Darunter. Bei kühlen Temperaturen reicht die Auswahl von der roten Satin-Leggins, einer gestreiften langen Wollunterhose, der weißen traditionellen Spitzenhose bis hin zu Großmutters Angora-Unterhose mit Bein. Sobald uns jedoch die Sonne küßt, wird wieder nacktes Bein und tiefes Dekollete gezeigt.

Der letzte Abend

... es herrscht Aufbruchstimmung ... fast geschafft! Dazu wird es jetzt richtig feierlich. Vor dem letzten Lied steigen in der Schützen-Festhalle die Wirtsfamilie, die Bedienungen, die Köche zur Musikkapelle auf die Bühne. Nach der Dankesrede vom Wies'n-Wirt an alle, die diese 175ste Wies'n möglich gemacht haben, werden auch wir Bedienungen vom Publikum gefeiert. Ein Riesenapplaus erfüllt uns mit Stolz. Dazu geht das Licht aus und Hunderte von Wunderkerzen verwandeln das Zelt in ein funkelndes Sternenmeer. Noch einmal vereint der Wies'n-Song »Weus'd a Herz hast wie a Bergwerk« alle, die da jetzt ganz sentimental auf den Bänken stehen. Umarmungen, Freude ..., der Moment, in dem alles gut ist.

Und mit einem letzten Wies'n-Busserl sag ich Servus!

Gertrud Fassnacht

Von Paris bis München und nach New York

Reihe über Münchens Duse der deutschen Schauspielkunst Constanze Dahn und ihre im 19. Jahrhundert einzigartige Familie in Theater, Musik und Literatur

Band III des »Nymphenspiegels« schmückte sich gleich viermal mit dem gleichen Bild einer wunderschönen Frau, nicht nur auf dem Buchrücken und zweimal im Inneren der Publikation, sondern auch außen als Titelbild. Die Rede ist von Constanze Dahn, von ihrem Porträt, das ehedem Hofmaler Joseph Karl Stieler für die Schönheitengalerie Ludwig I. im Auftrag von Bayerns König gemalt hatte.

Also muß diese Frau etwas ganz Besonderes gewesen sein. Und das war sie auch. Dr. Rudolf Reiser stellte sie in dieser »Nymphenspiegel«-Ausgabe vor, nannte ihre Stationen und Lebensdaten und beschrieb in gebührender Weise das Können und die besondere Ausstrahlung der einst in München gefeierten, heute fast vergessenen, großen Schauspielerin.

Er lobte sie als »*das Ideal weiblicher Grazie und Genialität*« in seinem Essay zur »Schönheitengalerie König Ludwigs I.«, der im genannten Band III des Nymphenspiegels 2008 erschienen ist. Weitere Personalia von ihr brauche ich hier deshalb nicht hinzuzufügen.

Grabmal von Constanze Dahn, mit ihrer Mutter Antoinette Le Gaye und ihrem Sohn Ludwig Dahn auf dem Südlichen Friedhof in München

»Constanze Dahn war die Eleonore Duse der deutschen Schauspielkunst«, rief der Generaldirektor der Königlichen Hoftheater in München Ernst Ritter von Possart, selbst ein gefeierter Mime, in seiner Rede bei ihrem Begräbnis 1894 auf dem Südlichen Friedhof der Trauergemeinde in München zu.
Er weihte ihr die Verse:

> Schien je ein hold Geschöpf erkoren
> zum Dienst der Kunst die du erwählst,
> so warest du's, der angeboren
> was hundert Vielbekränzten fehlt:
> der stumme Zauber der Gebärde,
> die Stimme welche Tränen spricht,
> für alles Glück und Weh der Erde
> der Schrei der aus dem Herzen bricht.

Seit Jahren beschäftige ich mich mit Leben und Werk dieser bedeutenden Komödiantin. Nicht nur, weil sie meine Großtante ist – sie ist die Schwester meiner Altmutter –, sondern weil sie mich mit ihrer Lebensgeschichte, ihrer Anmut und besonderen Aura schon immer fasziniert hat.

Constanze Dahn führte in München vor mehr als anderthalb Jahrhunderten für Prominente der Metropole Bayerns, Künstler, Gelehrte und weitere Persönlichkeiten ein offenes Haus. Selbst Bayerns König Ludwig I. weilte öfters bei ihr zu Gesprächen in ihrem großen Domizil an der Königinstraße. Auch besuchte er sie später auf ihrem Alterssitz am Chiemsee. Es kamen wohl selten Künstler von außerhalb nach München, die der Hofschauspielerin nicht ihre Aufwartung gemacht hätten. So gehörten zu ihren Besuchern u.a. die damals populäre Schauspielerin Sophie Schröder, die Mutter *»der ersten deutschen singenden Tragödin«* Wilhelmine Schröder-Devrient; der große Schauspieler Ernst Ritter von Possart; die Darstellerin und Autorin zahlreicher, oft gespielter Theaterstücke Charlotte Birch-Pfeiffer; die im Alter fast erblindete Textdichterin von Webers »Euryanthe« Helmina von Chezy; der in Dresden und Karlsruhe gefürchtete wie berühmte Theaterdirektor und bekannte Bühnenautor Eduard Devrient, dessen »Geschichte der deutschen Schauspielkunst« noch heute an den Hochschulen für darstellende Kunst ein gefragtes Standardwerk ist; der Lyriker Friedrich Hebbel; ihre Münchner Theaterchefs Karl Theodor von Küstner und Franz von Dingelstädt, beide zu ihrer Zeit bekannte Theaterdichter, der eine, Gründer des »Deutschen Bühnenvereins« und Initiator von an Autoren gezahlter Tantiemen, und letzterer ein bedeutender Theaterleiter, Verfasser des »Weserliedes« und Möchtegernzauberkünstler.

Auch Verwandte von ihr hatten in der Regel direkte Beziehungen zu Menschen mit großem Namen oder waren gar freundschaftlich verbunden, so zu Brahms, Spohr, Bruckner, Gauß, Goethe, Gounod, Klenze, Liszt, Lortzing, Schiller, Schumann, Wagner und vielen anderen. Ihr Vater, mein Altgroßvater Maestro Charles Le Gaye, von dem ich noch erzählen werde, der in Deutschland das Dirigieren mit dem Taktstock einführte, leitete ein Hoforchester, das eigentlich Beethoven dirigieren sollte, der dies jedoch ablehnte. Ihr Großneffe, mein Großvater Albert Dessoff, der als Kustos der »Freiherrlich Carl von Rothschild'schen öffentlichen Bibliothek« Verantwortung für die Judaika Frankfurts besaß, verkehrte als Vorsitzender der »Gesellschaft für ästhetische Kultur und Kunst« und als Mitglied der »Goethe-Gesellschaft« in Frankfurt am Main direkt z. B. mit Max Liebermann, Thomas Mann, Max Reger, Rainer Maria Rilke, Albert Schweitzer, Richard Strauss, Ludwig Thoma, Frank Wedekind und vielen anderen Vertretern der geistigen Elite Deutschlands. Auch schuf er zusammen mit Heinrich Weizsäcker, dem Vorfahren unseres Altbundespräsidenten Richard von Weizsäcker, das für die bildende Kunst umfangreiche zweibändige Standardwerk »Kunst und Künstler in Frankfurt am Main im 19. Jahrhundert«.

Constanze Dahn, die selbst früher als Wunderkind aufgetreten und ab 1829 in Hamburg fest engagiert war, »*studierte einst zu Goethes Füßen das Gretchen und Clärchen*«, worauf ihr Enkelsohn Felix Dahn – Oberregisseur am Kölner Opernhaus – in seinen in Köln 1929 erschienenen »Lebens- und Theatererinnerungen« voller Stolz hinwies.

Immer wieder bin ich darüber erstaunt, wie viele ihrer Anverwandten ehedem Besonderes oder Außergewöhnliches geleistet haben oder selbst künstlerisch tätig waren: Ihre Großväter waren mütterlicherseits ein Geheimer Rat in Magdeburg, väterlicherseits ein erfolgreicher Kaufmann in Paris; ihre Mutter u. a. in Braunschweig und Kassel eine Konzert- und Opernsängerin; ihr Vater ein französischer Kapellmeister, der in Kassel während der Zeit des Königreichs Westfalen das französische Hoforchester von Napoleons Bruder »König Lustik« dirigierte; ihr Mann, ein in Hamburg, Berlin und München gefeierter Schauspieler und Ehrenmitglied der Münchner Hofbühne; der eine ihrer beiden Söhne ein Münchner Hofschauspieler, der andere ein berühmter Schriftsteller, dessen Hauptwerk »Ein Kampf um Rom« Generationen junger Leser begeisterte; ihre Tochter heiratete einen bayerischen General der Infanterie, der das segensreiche Alter von 104 Jahren erreichte; ihre Schwester war Schauspielerin, verheiratet mit einem Theaterdirektor u. a. in Düsseldorf, Görlitz, Zürich; deren Tochter – eine Schauspielerin – ehelichte einen Leipziger, der als erster langjähriger Chefdirigent der Wiener Philharmoniker diesem Orchester Weltberühmtheit verschaffte und als einer der bedeutendsten Dirigenten des 19. Jahrhunderts in die Musikgeschichte einging; dessen Tochter – eine schon in Europa erfolgreiche Chordirigentin, Schwester meines Großvaters – siedelte vor 1933 in die USA über und gründete dort vor 80 Jahren Chöre, die heute noch in New York an der Met beachtliche Konzerte geben, z. B. am 11. und 12. Juni 2009 unter Lorin Maazel zusammen mit den New Yorker Philharmonikern Benjamin Brittens »WAR REQUIEM« Op. 66.

In einem späteren Band des »Nymphenspiegels« werde ich von eben Genannten Namen und Lebensdaten nennen, auch etwas von ihren Schicksalen und interessanten Lebenswegen erzählen, die oftmals verknüpft waren mit europäischer Zeitgeschichte in Kunst, Theater, Musik, Literatur und Politik. Ich werde schon deshalb darauf eingehen, weil deren Lebensgeschichten – überliefert in vergilbten Briefen und unveröffentlichten Familiengeschichten, in denen es auch um Schicksalsschläge und Existenzprobleme geht – mich aufhorchen ließen und berührten. Die Schilderungen ihres Strebens nach Sicherheit und der Sorgen der Mütter um Familie und die Entwicklung der Kinder, alles das erinnert mich en passant auch an aktuelle Bürden.

In dieser Arbeit möchte ich deshalb Geschichten von Constanze Dahns Vorfahren, Nachkommen und sonstigen Verwandten erzählen, sozusagen ein Gemälde merkwürdiger Menschen gestalten, in dem sich kleine glitzernde Stückchen europäischer Kulturgeschichte des 19. Jahrhunderts spiegeln. Doch beginnen möchte ich mit dem Geheimnis, mit dem m.E. das Stieler-Gemälde von Constanze Dahn umgeben ist.

Der Dornröschenschlaf eines Gemäldes

Kunstkenner meinen, was Raffaels »Sixtinische Madonna« in Dresden, ist in Leipzig Wilhelm von Schadows »Mignon« und wäre in München Constanze Dahns pittoreskes Porträt von Joseph Karl Stieler geworden. Aber es blieb über anderthalb Jahrhunderte vor den Blicken der Öffentlichkeit verborgen.

Eine Sehenswürdigkeit in München ist im Schloss Nymphenburg die Schönheitengalerie König Ludwigs I. von Bayern. Der Monarch, dem Schönheit, wie Friedrich von Schiller, als äußerer Ausdruck moralischer Integrität galt, ließ von den schönsten Bürgerinnen seines Landes Porträts anfertigen, um mit ihnen seine Residenz zu schmücken. Der dazu beauftragte Hofmaler Joseph Karl Stieler, der bis auf zwei sämtliche heute noch zu sehenden 38 Schönheiten porträtierte – übrigens alle im gleichen Format, Stil und mit ähnlicher Farbgestaltung – erhielt 1834 vom König die Aufgabe, auch seine Hofschauspielerin Constanze Dahn für seine Galerie zu malen.

Am 1. Dezember 1834 war Constanze Dahn mit ihrem Mann in Stielers Atelier, »*deren Bildnis in meiner Sammlung der Schönsten ich malen lasse ...*«, wie Ludwig in einem Brief bekannte. Ein wunderschönes Bild entstand, das heute noch jedes betrachtende Auge zu fesseln vermag. Obwohl das Gemälde extra nur für diese Bildersammlung – für Besucher von Bayerns Hauptstadt eine Sehenswürdigkeit – geschaffen wurde, hat es nie einen Platz zwischen all den anderen Helenen bekommen, auch nicht nur kurzzeitig, wie manche es behaupten. Es fehlte wie ein Edelstein in des Königs Krone.

Über die Ursachen, warum das Bild keine Aufnahme in der Galerie fand, obwohl es dafür vorgesehen war, ist viel spekuliert worden. Manche meinen, daß der König protestierte, als es am 15. Januar 1835 fertig war. Es würde nicht die Schönheit von Constanze ausdrücken. Doch es waren andere Gründe, die mir auch aus familiären Überlieferungen bekannt sind. Sie dekken sich mit der Auffassung der Kunsthistorikerin Susanne E. L. Probst aus Florenz, die sich in einer wissenschaftlichen Arbeit mit der Entstehung des Bildes eingehend beschäftigt hatte.

Es war Constanze selbst, die verhinderte, daß das Bild in die Ausstellung kam. Als jahrzehntelang gefeierter Liebling der Münchner Theaterbesucher wollte sie später nicht untergehen unter all den vielen Schönheiten aus den unterschiedlichsten Bevölkerungskreisen. Da sie vorhatte, bis ins reife Alter auf der Bühne zu stehen – sie nahm erst dreißig Jahre später im Alter von 50 Jahren ihren Abschied –, wollte sie keinerlei Vergleichsmöglichkeit dem Betrachter zu ihrem früheren Aussehen bieten. So wurde ihr der Wunsch vom König erfüllt, das Bild ihr zu überlassen. Sie besaß es bis zu ihrem Ableben, es kam dann in Privatbesitz und verschwand im Nirgendwo, viele Jahrzehnte lang, bis es bei einer Kunstauktion in die Hände eines Kunstliebhabers kam, der es in Italien in einer Ausstellung 2003, das erste Mal überhaupt, für die Öffentlichkeit auftauchen ließ.

Für ein halbes Jahr konnte es von den Besuchern der Ausstellung in Bozen auf Schloß Runkelstein betrachtet werden, die sinnigerweise und zum Gemälde passend überschrieben war »Die Sehnsucht eines Königs. Ludwig I. von Bayern (1786–1868), die Romantik und Schloß Runkelstein«. Fünf Jahre später konnte der größte Teil des Bildes von den Lesern des III. Bandes des Nymphenspiegels betrachtet werden. Aber da wäre ich ja wieder am Anfang meiner Geschichte.

Constanze als Goethes »Mignon«

»Mignon«, die lieblich rätselhafte Zaubergestalt – androgyn, mal Junge, mehr Mädchen – fähig zu großen Gefühlen der Liebe, Sehnsucht und Trauer, hat sich Johann Wolfgang von Goethe für seinen Bildungsroman »Wilhelm

Meisters Lehrjahre« geschaffen, um durch ihre mit tragischem Schicksal verknüpften Beziehungen zu Wilhelm Meister und zum Harfner – zweier Protagonisten des Romans – grundsätzliche philosophische Betrachtungen anzustellen und Weltgedanken zu äußern.

Das Thema »Mignon« hat viele Komponisten beeindruckt. Eine Oper, Klavierstücke, viele Lieder und weitere Kompositionen entstanden. Allein Mignons Lied »Nur wer die Sehnsucht kennt« wurde über siebzig Mal musikalisch bearbeitet und avancierte mit dem Mignon-Lied »Kennst du das Land, wo die Zitronen blühn?« zu den am häufigsten vertonten Texten Goethes.

Auch Maler und andere Künstler ließen sich von »Mignon«, ihrem Zauber und ihrem von Goethe beschriebenen Aussehen und Charakter inspirieren. Auf vielen Bildnissen, Kunstpostkarten und anderen Kunstwerken wurde sie verewigt.

Das wundervollste »Mignon«-Gemälde, in Georg Kasper Naglers »Kunstlexikon« 1845 *»als eines der schönsten Erzeugnisse der neueren deutschen Malerei«* gefeiert, befindet sich seit über 150 Jahren in der Sammlung Maximilian Speck von Sternburg – seit 1996 eine Stiftung – im Museum der bildenden Künste Leipzig. Ich empfehle jedem, der im Jahr 2000 in München die Leipziger Sonderausstellung »Alte Meister – Sammlung Maximilian Speck von Sternburg – Von der Gotik bis zur Romantik« im Haus der Kunst verpaßt hat, in der das »Mignon«-Gemälde gezeigt wurde, sich das 119 x 92 cm große Original in Leipzig anzusehen. Denn nur so kann der Betrachter das einmalige rätselhafte Fluidum auf sich wirken lassen und die Meisterschaft des Künstlers nachempfinden. Das hier wiedergegebene Foto vermittelt nur einen schwachen Eindruck davon. Schon allein deshalb lohnt sich eine Reise in die sächsische Messe- und Musikstadt.

Wilhelm von Schadow erhielt 1825 von Maximilian Speck von Sternburg, der ein erfolgreicher Kaufmann und *europäischer Kunstsammler der Goethezeit* war, den Auftrag, für seine umfangreiche Kunstsammlung ein Gemälde mit »Mignon« nach Goethes Roman »Wilhelm Meisters Lehrjahre« darzustellen. Der gerade berufene Direktor der Düsseldorfer Kunstakademie suchte viele Monate lang, unterbrochen von einer längeren Krankheit, vergeblich nach einem Modell, das seinen Vorstellungen entsprach. Kein Mädchen war ihm dazu schön genug. Sollte doch ein Kunstwerk entstehen, das die »Mignon«-Zeichnung seines Vaters Johann Gottfried Schadow bei weitem übertreffen sollte. Der Bildhauer, dem die Deutschen die Quadriga auf ihrem Wahrzeichen verdanken – dem Brandenburger Tor – stellte 1802 sein Patenkind entsprechend Goethes Schilderung bereits im weißen Kleid mit Engelsflügeln und einer Zither dar. Wie durch eine glückliche Fügung begegnete ihm – Schadow jun. – plötzlich Constanze in Düsseldorf, deren Mutter Antoinette Le Gaye als Sopranistin in der Stadt am Rhein einen Konzertabend gab. Schadow erinnerte sich, Constanze kürzlich in Hamburg auf der Bühne als »Wunderkind« erlebt zu haben. Die Schönheit und schauspielerische Begabung der Zwölfjährigen hatten ihn in der Hansestadt stark beeindruckt. Schon in einer Vorstudie zum auszuführenden Werk stellte er fest, daß ihr Konterfei jenes Bild ist, das ihm für sein Gemälde vorschwebte. Notabene: Diese erste Fassung – ein Entwurf des heute in Leipzig gezeigten Gemäldes – war von Anfang an im Besitz von Constanze und gehörte nach ihrem Tod ihrer Tochter Constanze Bomhard, geb. Dahn.

Constanzes Antlitz, ihre anmutigen Bewegungen und ihre gesamte Ausstrahlung waren jene Attribute, die Schadow sich vorstellte, um Mignon genau so zu malen, wie Goethe sie beschrieben hat und sie im zweiten Kapitel des achten Buches seines Romans singen läßt. Die ersten beiden Strophen zitierte Speck von Sternburg gern in den Katalogen seiner Kunstausstellungen. Sie lauten:

So laßt mich scheinen, bis ich werde;
Zieht mir das weiße Kleid nicht aus!
Ich eile von der schönen Erde
Hinab in jenes feste Haus.

Dort ruh ich eine kleine Stille,
Dann öffnet sich der frische Blick,
Ich lasse dann die reine Hülle,
Den Gürtel und den Kranz zurück.

Constanze Dahn als »Mignon«, Vorstudie von Wilhelm von Schadow, Photo privat, München 1930, Bild im Privatbesitz.

Der Leser mag selbst entscheiden, inwieweit Mignons von Goethe beschriebene Zeichnung des Charakters und des Gewandes mit Schadows Gemälde übereinstimmen.

Ob Schadow dazu grundsätzlich in der Lage war, ob ein Maler das überhaupt kann, darüber existieren mindestens seit Lessings berühmtem Aufsatz »Laokoon: oder Über die Grenzen der Malerei und Poesie« bis heute diametrale Standpunkte, die bei Schadows »Mignon« reichen von »*im Widerspruch stehen*« und »*die Malerei kann es nicht«*, wie Schadow es gewollt hat, wie es der Philosoph Friedrich Hegel 1829 in seinen Gedanken über Malerei und Poesie formuliert hat, bis zu der 2002 veröffentlichten Einschätzung der Kunstwissenschaftlerin Cordula Grewe, die Schadows »Mignon« zur »*Allegorie des Poetischen*« erhoben hat.

Constanze-Bild doch noch in Münchens Öffentlichkeit

Weder Dietulf Sander, wissenschaftlicher Mitarbeiter des Museums der bildenden Künste Leipzig, der bereits viele Jahre Schadows »Mignon«-Gemälde kuratiert, oder Cordula Grewe, Professorin für Kunstgeschichte an der Columbia University New York, noch Wolf-Dietrich Freiherr Speck von Sternburg, dessen Vorfahre die »Mignon« bei Schadow in Auftrag gab, auch nicht andere Fachleute, die sich jüngst eingehend mit Schadows »Mignon«-Gemälde beschäftigt hatten, war bekannt, daß die Münchner Schauspielerin Constanze Dahn als Kind dem Maler für »Mignon« als Vorlage gedient hatte. Ich hatte deshalb Cordula Grewe einige Ergebnisse meiner Forschungen zu Constanze Dahn im Kontext zu den bildlichen Darstellungen der Schauspielerin überlassen. Sie, die über den Maler Wilhelm von Schadow promovierte und seit über zehn Jahren in Europa und in Übersee Vorträge hält zum Thema »Mignon als Allegorie des Poetischen« im Kontext der Goethe-Rezeption und Kunsttheorie in der deutschen Malerei der Spätromantik, sagte daraufhin zu mir: »*Ich habe immer vermutet, daß es eine ›echte‹ Mignon gab.*«

Bei all dieser umfangreich breit geführten Kunstdebatte ist neben meiner privaten Auffassung, daß es sich bei Schadows »Mignon«-Bild um ein Gemälde von malerischer Genialität und aufschlußreicher, romantisierender Veranschaulichung handelt, für mich allerdings das Entscheidendste, daß es Constanze Le Gaye, verh. Dahn, war – die Schwester meiner Altmutter Juliette Meisinger, geb. Le Gaye –, die dem Maler zu dieser Meisterleistung der bildenden Kunst als 13jährige Modell gesessen hatte.

Wie ich bereits erwähnte, wurde mit der Sonderausstellung der Bilder der Sammlung Maximilian Speck von Sternburg im Haus der Kunst im Jahr 2000 auch in München Schadows »Mignon«-Gemälde gezeigt. Und so gesehen wurde Constanzes Bildnis in der Stadt, in der die Schauspielerin einst vor über 150 Jahren ihre Triumphe feierte, doch noch zum Publikumsmagneten, und wenn es auch nur für ein halbes Jahr während der Dauer des Ausstellung gewesen ist.

Gerhard Albert Jahn

Zum Autor

Gerhard Albert Jahn, in Dresden geboren, lebt heute in Chemnitz. Nach einem Pädagogikstudium an der Leipziger Uni unterrichtete er in allgemein- und berufsbildenden Schulen sowie an Einrichtungen der Erwachsenenbildung in den Fächern Elektrotechnik, Mathematik, Psychologie und Physik. Seit seiner Pensionierung 1992 widmet er sich intensiv der wissenschaftlichen Erforschung des Lebens und der Taten seiner Vorfahren. Besonders beeindruckten ihn nach dem zufälligen Auffinden einer C-moll-Phantasie, die als Schulmädchen in Frankfurt am Main seine 1954 zu zeitig verstorbene Mutter komponiert hatte, das Leben und Werk ihres Großvaters Otto Dessoff (1835–1892), ein Komponist, Dirigent und Weggefährte von Johannes Brahms.

Die Meriten seines Urgroßvaters – wunderbare Kompositionen, erster langjähriger Chefdirigent der Wiener Philharmoniker, Kompositionslehrer vieler später berühmter Musiker, musikalischer Leiter der Uraufführung der 1. Sinfonie seines Freundes Johannes Brahms und Geburtshelfer der Salzburger Festspiele – spornten und regten ihn derart an, daß er sich nunmehr zur Lebensaufgabe stellte, seinen einst berühmten Urgroßvater der Vergessenheit zu entreißen, ihn und seine Werke wieder bekannt zu machen. Zusammen mit einem Musikwissenschaftler aus Karlsruhe konzipierte, gestaltete und kuratierte er eine große Personalausstellung über Otto Dessoff und präsentierte sie in den Jahren von 2000 bis 2006 in Baden-Baden, Chemnitz, Frankfurt am Main, Karlsruhe, Kassel, Leipzig, Wien und Zwickau. Er initiierte zu Vernissagen und Finissagen Konzerte, organisierte Liederabende und verknüpfte sie verschiedentlich mit Vorträgen, die er über seine Vorfahren hielt. Auch gab er mit Unterstützung von Fachleuten und der Wiener Philharmoniker über Otto Dessoff im Münchner Musikverlag Katzbichler eine umfassende und reichbebilderte Biografie heraus, für die er namhafte Autoren gewann und darin selbst mehrere Abhandlungen publizierte, z. B. den Beitrag »Die Künstlerfamilie Dessoff ... die Geschichte einer Wiederentdeckung«. Darüber hinaus wirkte er mit bei der Herausgabe von Dessoffs Werken in Neueinspielungen auf Tonträgern. Dazu recherchierte er zeitaufwendig viele Jahre in Archiven, Bibliotheken, Konservatorien, Museen, Opern- und Konzerthäusern, Theatern und weiteren ehemaligen Wirkungsstätten seiner Vorfahren u. a. in Altenburg, Baden-Baden, Berlin, Braunschweig, Bonn, Cambrai, Chemnitz, Dessau, Dresden, Frankfurt am Main, Görlitz, Göttingen, Halle an der Saale, Kassel, Leipzig, Magdeburg, Marburg, München, Naumburg, Paris, Radolfzell, Salzburg, Stuttgart, New York, Wien, Wolfenbüttel, Wrocław, Zürich, Zwickau. Er knüpfte Kontakte zu Musikfachleuten, Historikern, Publizisten und weiteren Wissenschaftlern sowie zu Künstlern in Europa und in Übersee; auch zu Nachfahren berühmter Komponisten, Sängern und Musikern, wie von Richard Wagner, Richard Strauss, Engelbert Humperdinck, Louis Schuncke, Louis Spohr, Gustav Walter, Heinrich von Herzogenberg, Ignaz Moscheles, Anton Urspruch, Woldemar Bargiel. Weitere Höhepunkte seiner kulturellen Arbeit sind bzw. waren: die Gestaltung einer Rundfunksendung beim Mitteldeutschen Rundfunk; die Anregung zu einem Konzertabend im Neuen Gewandhaus zu Leipzig mit dem Gewandhaus Quartett, zu dem er außerdem die Noten von Dessoffs Kompositionen zur Verfügung stellte; die Mitarbeit an der Gestaltung der Hessischen Landesausstellung 2008 in Kassel »König Lustik!? Jérôme Bonaparte und der Modellstaat Königreich Westphalen«, die danach vom Herbst 2008 bis zum Frühjahr 2009 unter dem Titel »Roi de Westphalie« im Musée national du château de Fontainebleau in Paris dem französischen Publikum präsentiert wurde; und die Programmgestaltung des Hessischen Rundfunks der Wilhelmshöher Schloßkonzerte in Kassel anläßlich des 175. Geburtstages von Otto Dessoff. Gerhard Albert Jahn gab mehrere Publikationen heraus, z. B. im Jahr 2007 über seinen Altgroßvater die Schrift Charles Le Gaye (1765–1815) – Hofkapellmeister bei Jérôme Bonaparte und beim Herzog Carl Wilhelm Ferdinand von Braunschweig« und 2008 über den Vorfahren seines Schwagers »Carl Friedrich Schaarschmidt (1788–1864) – Erster Oberbürgermeister Leipzigs, Staatsbeamter und Reformer des Sächsischen Königshauses – Ein Leben zukunftsweisend im Dienst des Volkes«. Er ist Gründungsmitglied der Albert-Lortzing-Gesellschaft e. V. und Mitglied weiterer Gesellschaften und Vereine, in denen er aktiv mitwirkt, u. a. in der Robert-Schumann-Gesellschaft Zwickau e. V., dem Schuncke Archiv Baden-Baden e. V. und dem Chemnitzer Musikverein e. V., gegr. 1837.

(Dieser Beitrag wird fortgesetzt. Das umfangreiche Literatur-Verzeichnis dazu können Interessierte bei der Redaktion anfordern/Anm. des Hrsg.)

Zu »Spaziergänger und Gärtner« – zwei Fächern *einer* Schule

Ist ein *Gärtner* nicht immer von der Vorstellung angetrieben, ein Paradies zu erschaffen, inspiriert von der Harmonie in der Natur? Indem er die Beziehung zu ihr pflegt und vertieft, formen sich aus seinen sublimsten Empfindungen, die sie in ihm hervorzurufen vermag, *seine* individuellen Beziehungsbilder zu ihr aus. Dabei stellen diese eine dritte Instanz dar, in der sich zugleich das tiefere Wesen der Natur, wie auch jenes des Gärtners ausdrückt.

Welche gestalterische Tiefe seine Kunst erreicht, hängt zwar nicht zuletzt von seinen handwerklichen Fertigkeiten ab, doch gewiß an erster Stelle davon: wie tief sein empfindendes Schauen und Erfahren in diesem Umgang reicht, wie sehr er *seine Göttin* in seinem Dasein tanzen fühlt, und ihn ihr mohnblumengesäumter Mantel dabei immer weiter streift. Ohne brennende Sehnsucht, ohne leidenschaftliches Verlangen, ohne die Kraft des *Eros,* auf all seinen Ebenen, kommt diese Beziehung nicht in Schwung, entsteht keine verwandtschaftliche Nähe, keine innere Wärme – und auch kein substantieller Dialog.

Zweifellos handelt der Gärtner aus dem Verlangen nach *eigener* Gestaltung, das letztlich womöglich einem noch tieferen Verlangen nach Vereinigung in diesem Tanz entspringt, nach Überwindung des Gefühls der Abtrennung vom *Ganzen.* Vielleicht drückt sich darin auch ein Streben nach Vollkommenheit aus, die zu empfinden ihn jener Akt des Ringens um Einswerdung – auf der für ihn momentan höchsten möglichen Ebene – zumindest in Momenten seines Schaffens, erlaubt.

Und während er dabei seine intimsten Bilder in die Welt gebiert, aus seiner *inneren* Welt hinaus, trifft letztere in seinen Gestaltungen wieder und wieder auf einen Spiegel und ihr dadurch im steten Wachsen und Werden befindliches Abbild, wobei er in der *äußeren* laufend seine unverwechselbare Spur und Handschrift hinterläßt.

In all dem unterscheidet ihn scheinbar nichts Grundlegendes von Künstlern anderer Bereiche, doch gibt es dazu dennoch Unterschiede. Denn das Handwerkszeug des Gärtners ist die lebende Natur. Zwischen ihm und seinem

Gegenstand stehen keine von Menschen geschaffenen Mittel. Er benötigt weder Farbe noch Sprache. Sein Instrument ist die Palette pflanzlichen Lebens, seine *Grundfarben* sind die Elemente: Erde und Gestein, Wasser und Holz. Sowie die fühlbaren Energien der verschiedenen Plätze, die sich auf der lebendigen Haut von *Mutter* Erde befinden, welche die Leinwand des Gärtners darstellt.

Noch weniger als Künstlern anderer Richtungen kann ihm verborgen bleiben, daß noch weitere Kräfte an seinem Wirken beteiligt sind, als nur der durch sein Wesen, die eigene Persönlichkeit geleitete Schaffensimpuls: Er lernt im Umgang mit der lebendigen Natur bestenfalls deren inneres Wesen erahnen und sich *ihrer* Ordnung anzupassen. Die Erfahrung zeigt ihm, daß er seinen Garten nicht gegen sie zur Entfaltung – und zum Blühen bringen kann, sondern nur im Einklang mit ihr. Dieses freundschaftlich respektvolle sich Einfügen und das wissende Zusammenwirken mit dem Lebens-Ganzen, mit seinem Werk zu vermitteln, gehört zum pädagogischen Auftrag des Gärtners.

Durch die Verwendung seines *Materials* verdichtet er die Schönheit und das geistige Wesen der Natur in einem Maße, daß sich der Besucher des Gartens seiner Wirkung kaum mehr zu entziehen vermag. – So verstanden ist *Gartendichtung* eine Ver*dichtung* der Naturschönheit, die ihr reinstes Wesen hervorhebt. Damit steht Dichtung, und das läßt sich auch auf jede andere Kunstform übertragen, wie die Literatur, die wir zu allererst mit ihr verbinden, wobei wir wieder beim Buch angelangt wären, in keinerlei Widerspruch zur Wahrheit. Im Gegenteil: Sie filtert etwas für den Künstler Wesentliches davon heraus.

Gärten sind auch Räume der Ruhe und Verinnerlichung. In ihnen erfüllen sich diese seelischen Notwendigkeiten, die absurderweise mittlerweile zu *Luxus-Artikeln* geworden sind, in Form der Verfügbarkeit von Stille sowie der Möglichkeit, freie Zeit für uns selbst zu finden. In den Gärten löst sich unser Dasein vom Zugriff einengender Bindungen und aus den Fesseln einer lebenserstickenden Verplanung. In ihnen können wir, wenn alles paßt, die Göttin wieder tanzen fühlen. Das teilen Gärtner und Spaziergänger an solchen Orten.

Erstere sind innig mit ihnen verbunden, seelisch, geistig und körperlich, da sie Schöpfer und Medium ihrer Erschaffung sind; durch ihren kontemplativ-spielerischen Umgang mit der Natur und den Elementen leert sich ihr Geist und kann sich mit intuitivem Erkennen füllen. Anders als der Gärtner hingegen, ist der Spaziergänger äußerlich eher untätig und läßt sich einfach von den Kräften wechselnder Anziehung leiten, um so seinen *inneren* Aktivitäten freien Raum und Möglichkeit zur Bewegung zu lassen.

Realistischerweise muß man aber spätestens jetzt hinzufügen, daß die bisher beschriebene Art des Gärtners kaum mehr zu finden ist, falls es sie denn je gegeben hat. Denn auch seine Arbeitswelt, ähnlich jener von Buchautoren, wird zunehmend durch Fremdbestimmung und Selbstentfremdung geprägt. In Wirklichkeit treffen wir dort in der Regel auf reine Gartenarbeiter, die nicht selten, wie automatisiert, nur fremde Vorgaben irgendeines Technokraten erfüllen. Meist ist die Dialogkette zwischen Natur und Planer, die überhaupt nur dann in Gang kommen kann, wenn dieser zugleich auch einer der ausführender Gärtner ist, durch die beschriebene Fragmentierung (vom üblichen *Outsourcing* an externe Firmen ganz zu schweigen) längst unterbrochen oder verunmöglicht worden. Jeder Branchenvertreter weiß in unserer Zeit davon ein Lied zu singen. Und dementsprechend kalt, anorganisch und naturfremd sind heutzutage schließlich oft unsere sogenannten Grünanlagen und Garten-Schauen: geprägt von einheitlich kalkulierten Böschungswinkeln, absurden Ingenieur-Kanten und industriell gefertigten *toten* Bauteilen, die nicht die Natur, sondern die völlige Denaturierung – unübersehbarerweise – zum Ideal erheben. In ihnen drückt sich kaum die über Jahre hinweg gereifte Weisheit des Gärtners mehr aus, sondern eher eine kaum faßbare Ignoranz dem Natürlichen gegenüber.

Also ich bekomme in solchen Parks beim Spazierengehen eher Depressionen und innere Gleichgewichtsstörungen – wobei wir unvermeidlicherweise in diesem Zusammenhang wieder zur Rolle des Spaziergängers zurückkehren.

Doch wenn wir uns mit diesen Tendenzen nicht abfinden wollen, dann dürfen wir das Ideal des Gärtners und eines *wirklichen Gartens* nicht aus den Augen verlieren, ohne dabei allerdings die geltenden Realitäten zu ignorieren. Nur so läßt sich dieses Ideal, welches schließlich das Potential besitzt, allegorisch für sämtliche Lebensbereiche Verwendung zu finden, gegen alle vermeintlichen Systemzwänge wieder zurückholen in unsere Welt.

Wo sich die Kunst des Gärtners im jahrelangen Dialog mit der Natur und den in ihr wirkenden Kräften vollendet hat, vermag er dem Spaziergänger oder Besucher seines Gartens etwas wie einen *heiligen Hain* zu schenken, einen Ort, wo die Atmosphäre dünner wird und sich der Himmel etwas weiter herabsenkt – womit wir auch wieder bei der anfänglichen Idee eines Paradieses angelangt wären.

Und gewissermaßen ist der *Spaziergänger* dabei auch eine Notwendigkeit für den *Gärtner*, jener nämlich, der verinnerlicht in ihm selbst lebt. Denn ist nicht gerade *die Kunst des Spaziergangs*, das mußevolle Umherwandern, die Fähigkeit des schauenden Durchdringens der Erscheinungen, eine entscheidende Grundlage für das Erkennen der Harmoniegesetze und essentiellen Aussagen, die wir in jeglicher natürlichen Gestaltung entdecken können, was wiederum eine Voraussetzung dafür darstellt, selbst gestalterisch in der Natur tätig zu werden? Außerdem öffnet uns das mußevolle, von zeitlichen Zwängen befreite Flanieren doch erst jeglichem seelischem Resonanzgeschehen. So entdeckt der Gärtner seine Stoffe, materiell wie auch bildhaft. Dort führt sein Gestaltungsweg ihn lang. Und ich glaube, es gibt nur sehr wenige Gärten, die inspirierender und innerlich bereichernder sind als der Nymphenburger Schloßpark, in dem die Ideen und schöpferischen Eingebungen manchmal nur so von den Bäumen herabzuregnen scheinen. Wovon nicht zuletzt auch manche Autoren-Beiträge des »Nymphenspiegels« eine beredte Sprache sprechen.

Ralf Sartori

Erste Schritte

Wie schwer sie sind. Schritte. Erste, behutsame Schritte, nachdem Du lange nicht gegangen bist. Gegangen, Gehen, den einen Fuß vor den anderen setzen. Nichts einfacher als das. Nichts schwerer als das. Es war so einfach. Es schien früher so einfach, als ich mir manches Jahr lang den Park, meinen Nymphenburger Park auf langen Spaziergängen erobert habe: Einen Fuß vor den anderen setzen, einen Schritt nach dem anderen. Gewohnter, hunderttausendmal praktizierter Ablauf, der sich zum Gehen fügt. Sich fügt zu Eindrücken, zum Sehen, Riechen, Hören, Ertasten, Erfühlen, Begreifen. Verbindung aller Eindrücke auf geheimnisvolle Weise im Gehirn zum Bild. Es ist der Park, den Du betrittst, erkundest, registrierst, begreifst. Der Park, der Dich gefangen nimmt, in seinen Bann schlägt. Der Park, der Dich fühlen läßt, daß Du nicht nur zu ihm gehörst, sondern auf seine Weise ihm gehörst. Teil wirst. Der Park, der Dich nicht losläßt, Dich mit seinem Leben erfüllt, der Park, der Dich an seine Hand nimmt, an seine allmächtige, schützende, helfende, bewahrende Hand.

Und heute? Ist Dir der Park fremd geworden, weil Du ihn monatelang nicht erspürt hast? Krankenhaus und Reha verfallen warst, langsam, höchst langsam auch das Gehen wieder lernen mußtest? Hilf mir, Park, laß mich wieder ein winziger Teil Deines Ganzen werden, Dir gehören, Dich fühlen.

Auf einmal gehst Du, als würdest Du gegangen. Du vergißt, wie mühsam die Schritte, die ersten Schritte, Deine ersten Schritte eben noch gewesen sind. Jetzt werden sie Dir leicht, Dir, der Du Dich fallen lassen kannst, fallen in den Rhythmus des Parks, der zu Deinem Rhythmus wird, Deiner ist, immer Deiner war.

Johann Daniel Gerstein

Ein Platzproblem

Von weitem hatte sie sie nicht erkannt. Im Park brauchte sie keine Brille. Eine vertraute Stimme an ungewohntem Ort. Die Kollegin. Ja, sie sei öfter hier. Ihr Blick, als wartete sie auf eine Frage. Sie wirkte sehr gefaßt, so sehr, daß man die Frage nicht vermeiden konnte. Ihre Mutter war gestorben, heute Nachmittag, vor knapp zwei Stunden. Sie hatte gedacht, es sei besser, etwas hinauszugehen. Eine gute Idee.

Es tue ihr leid, hatte sie gesagt und viel Kraft gewünscht. Dabei hatte sie selber Kraft gespürt und Hoffnung. – Das würde sie später auch tun, wenn ihre Mutter sterben würde. Sie würde in den Park gehen. Auch, wenn ihr Vater sterben würde, würde sie in den Park gehen ...

Sie würde dorthin gehen, wenn alle sterben würden. Der Park wäre immer da, für Menschen wie sie oder ihre Kollegin, deren Mutter oder Vater gestorben waren oder sterben würden. Sie konnten immer in den Park gehen.

Was aber, wenn sie selber sterben würde? Wo sollte sie dann hingehen? Könnte sie dann auch in den Park gehen? Was, wenn die anderen auch dort wären? Die Mutter der Kollegin und all die anderen, die schon gestorben waren?

Und was, wenn dann noch neue hinzukommen würden, neue Gestorbene und solche, deren Mütter oder Väter gerade gestorben waren?

Dann wäre es voll – zu voll für alle. Wohin also sollte sie gehen?

Susanne Schönharting

Nebeltöchter

Schon wieder eine schlaflose Nacht, quälend lang im Labyrinth der Gedanken. Ich könnte aufstehen. Aber was dann. Ich könnte das Licht anknipsen und lesen. Aber was. Wann wird es endlich hell, verdammt. Als der Tag schließlich kommt, gleicht er der Nacht. Ein winziger milchigtrüber Schimmer mischt sich ins Schwarz, wird langsam grau und dickflüssig. Mir ist, als wäre über Nacht die ganze Welt versunken. Da ist kein Gegenüber mehr zu sehen. Fast wie im richtigen Leben. Die Fenster scheinen scheibenlos zu sein und feuchte Schwaden ziehen ungehindert in den Raum, kriechen nässend über die Bettdecke. Eine Fata Morgana, nein. Nur mein Atem. Ach ja, und die Heizung ist wieder einmal ausgefallen. Gerne würde ich wütend werden, aber wozu, es hilft doch nicht. Ich stehe auf, ziehe mich an, duschen fällt aus – die Warmwasserversorgung ist mit dem Heizkreislauf gekoppelt. Mantel, Mütze, Schal, Handschuhe. Nein, keine Handschuhe. Meine Hände habe ich lieber in den Manteltaschen. Und dann los. Bewegung wärmt. Wie blind laufe ich durch den Nebel. Gelegentlich geben Dunstfenster den Blick frei auf irgendetwas Naheliegendes. Lichter spiegeln sich im Kanal. Hie und da taucht ein Baum auf, ein Strauch, eine Parkbank. Und dann irgendwo ganz weit hinter dem Grau – ein glimmendes Licht, die Wand beginnt zu leuchten und gerät in Bewegung. Perlmuttweiße und messingfarbene Schwaden schwimmen zwischen den Bäumen und über den Wiesen. Am Ende ist der Nebel durch und durch mit Licht getränkt. Und ich habe keine Angst. Nicht die Spur einer Furcht ist in mir. Das wundert mich und ich muß lachen, das heißt, ich lächle nur, oder es liegt irgendwo dazwischen, jedenfalls ist es tonlos. Warum, na um die Feen nicht zu stören. Darüber muß ich nun erst recht lachen. Erstaunlich, welche Trugbilder die Sonnenstrahlen in den Nebel malen. Das kennt man ja; Vater, ach Vater, ich seh' es genau. Der Vater hatte es nicht sehen können. Er war voller Angst. Und jetzt kommen mir auch noch die Tränen. Nein, ich habe keine Angst und traurig bin ich auch nicht. Es ist, weil sie so unglaublich schön sind. Je näher sie kommen, desto schöner werden sie. Und ihre Schönheit färbt ab. Das ist das Allerschönste. Und was kann man da anderes tun als weinen. Noch immer schwimmen lichtdurchwirkte Schwaden zwischen den Bäumen und über den Wiesen. Aber die Kälte ist fort. Mein Herz schlägt und pumpt das warme Blut bis in die Fingerspitzen. Die Zehen kribbeln im Schuh und die Füße haben plötzlich große Lust zu springen. Die Welt wird schwerelos. Nein halt, das bin ja ich. Nun lachen auch die Feen. Ihr Lachen perlt und hüpft von Ast zu Ast. Die Stimmen mischen sich zu zartem Glockenklang, fast klingt es wie Gesang. Ich denke an Odysseus und an die Sirenen. Und ich will sagen, daß ich mich nicht binden will an einen Mast und daß ich dringend bleiben möchte. Die Fee zieht ihre weiße Hand zurück und fängt die Träne auf, die ihr gerade eben aus dem Lachen sprang. Dann sind sie plötzlich alle fort. Nur diese eine Träne liegt in meiner hohlen Hand.

Als ich erwache, schlägt die Kirchturmuhr gerade neun. Der Himmel ist strahlend blau, kein einziges Wölkchen ist zu sehn, die Heizung schnurrt wie ein Uhrwerk, das Duschwasser ist genau so, wie es sein soll. Nur mein Herz tut ein bißchen weh. Was für ein schöner Traum. Ob ich die Stelle wiederfinden könnte? Ich nehme die Jacke vom Haken und laufe los. Doch halt, ich habe meinen Stift vergessen, ohne den gehe ich nicht aus dem Haus. Und wie ich ihn suche, neben meinem Bett, finde ich sie. Klein und rund ist sie und durchsichtig, und blau, nein grün, nein grün ist sie auch nicht. Ständig wechselt sie die Farbe. Für einen kurzen Augenblick scheint sie mir gänzlich farblos zu sein, doch dann ist sie mit einem Mal so leuchtend grau wie die Nebelschwaden vor der aufgehenden Sonne. Und nun ist sie schon wieder blau, nein grün, ach nein, so ist es nicht, denn schneller als ich denken kann ist es schon wieder anders als vorher.

Angelika Genkin

Nichts als ein Schloßpark-Märchen?

Der Schloßpark leidet zunehmend an Übervölkerung. Nein, damit ist nicht der stetig zunehmende »Besucherdruck« gemeint, wie es so grauselig im Beamtendeutsch der Schlösserverwaltung heißt; auch nicht der massive Zuwachs, der vorherzusehen ist, wenn einmal all die Bewohner der neu erbauten 5.000 sogenannten Luxuswohnungen in Parknähe einmal in diese eingezogen sein werden. Nein, von der Gegenwart ist die Rede: Sie kommen von überall her, bis aus den Alpen sogar. Gestern erst lernte ich Igor kennen, ein wütender, meist polternder Bergtroll mit etwas ungehobelten Manieren. Doch nicht nur solch auffallende Erscheinungen wie ihn, trifft man hier: Scharen, ganze Sippen von Kobolden, Zwergen, Nymphen, Faunen, Undinen und Feen – die Liste ließe sich noch lange fortsetzen, strömen herbei in den Park.

Der »Rat der Großen Geister«, berichtet er mir, befinde sich noch immer in seiner Krisensitzung, denn dieser Garten ist, wie jeder Garten, begrenzt; und all die Auffanglager vor den »Ahas« seien bereits völlig überfüllt. Dabei reiße der weitere Zustrom immer noch nicht ab. Im Gegenteil: Es werden mehr und mehr, die kommen.

»Und all das haben wir diesen Menschen zu verdanken«, entrüstet Igor sich. »Mir brummt noch immer der Schädel.« »Hast wohl zuviel billigen Moosbeeren-Wodka gekippt?«, stichelt Helena, eine kokette Quellnymphe, die in ihren prismenhaft schillernden durchsichtigen Schleiern gewiß schon manchen Faun um seinen Verstand gebracht haben dürfte. »Wodka! Das ich nicht lache! Elektro-Smog nennen das die Menschen: Doch in Wirklichkeit haben nicht einmal die Empfindlichsten von ihnen eine Ahnung, was das für uns bedeutet. Du findest kaum ein Plätzchen Erde mehr, das nicht mittlerweile von Drähten durchzogen – oder das von der Ausstrahlung ihrer Antennen verschont ist; und seit sie auch noch den ganzen Wald privatisiert haben, wie sie es nennen, der nun jedes Jahr viel Geld einbringen muß und nicht mehr nur für sich selbst und seine Bewohner da sein – sich mit ihnen des Daseins erfreuen darf, wie es von der Großen Mutter immer gewollt –, ist es auch für uns fast nicht mehr möglich, in Ruhe da draußen zu leben. Was für eine Demütigung, daß gerade wir Bewohner des einst so freien und wildschönen Landes uns nun vor den Machenschaften der Menschen auch noch in deren eigene Gärten flüchten müssen, wo sie kunstvoll die Natur nachgestaltet – und zu deren Schutz penibel mit einem ganzen Wald von Vorschriften eingezäunt haben, dieselbe, die sie da draußen überall so hemmungslos ruinieren. Aus der Sicht denkender Wesen, wie unsereiner, sind die doch völlig bescheuert.« »Also bitte, achte doch ein wenig mehr auf Deine Ausdrucksweise; schließlich befindest Du Dich hier zu alledem noch in einem ihrer Bücher.« »Auch das noch! Was ist nur aus uns geworden! Lebten wir nicht schon seit jeher in einem Buch, jedoch in Freiheit, ohne daß wir zuvor solche Rücksichten zu nehmen brauchten? In einem Buch allerdings, in dem nicht *sie* den Ton angeben und vorschreiben konnten, eines, das Liebe und Achtung anstelle hohler Formen, daher auch wahrhaftige Einordnung verlangt, um es zu begreifen, und das deshalb von *denen* heute auch kaum mehr jemand zu lesen versteht – du weißt schon: das Buch der Natur – das unsere Ahnen auch das *Eine Buch der Siegel* nannten.«

Helena seufzt: »So gefällst Du mir schon besser, wenn Dein empfindsamer Kern durchkommt. Weißt Du, was meine Großmutter über die Siegel immer sagte?« »Na erzähl schon!« »Sie meinte, daß *alles*, was wir in der Natur finden, ein solches Siegel darstellt, angefangen von den elemetarsten Erscheinungen bis hin zu den vielfältigsten und ausgedehntesten Formen ihres Zusammenwirkens. Und nur jenen, die diese Siegel begreifen, weil sie ganz in der Natur aufgehen und sich dabei selbst vergessen lernen, öffnen sie sich. Nach und nach erkennen sie dann, daß alles da draußen in ihnen jeweils einen anderen Klang erzeugt, alles deshalb gewissermaßen auch in ihnen selbst ist und sie folglich das Ganze sind – mit dem sie vielfältig verbunden. So lernen sie dieses Buch immer besser zu entziffern und erkennen sich dabei gleichermaßen selbst. Früher seien sogar einige Menschen – kaum zu glauben – diesen Weg gegangen, meinte jedenfalls meine Großmutter, ohne daß sie davon aber je etwas aufgeschrieben hätten, weise wie sie waren. Denn so konnten sie auch nicht mit ihren verschiedenen Büchern aufeinander einschlagen, wie das die Anhänger ihrer sogenannten Religionen stets gerne taten und gerade jetzt verstärkt wieder tun. Doch die meisten unter ihnen wurden von den anderen dennoch bald umgebracht, zu allen Zeiten. Warum? Nun, ich glaube, weil man sie weder täuschen, noch an ihnen viel Geld verdienen konnte. Und weil sie von den wenigsten Menschen verstanden wurden, eigneten sie sich hervorragend als Sündenböcke für jeden Zweck. In der Auffassung ihnen gegenüber pendelten die meisten zwischen Verachtung und Angst.«

»Aha, dann erleben wir also jetzt alle so eine Art *Bücherverbrennung im großen Stil* da draußen«, zischt Igor voller Groll. »Schließlich haben diese *anderen* unter den Menschen nun ihre Ziele, sich die Welt anzueignen und zu mißbrauchen, ja schon fast erreicht.« »Nein, viel schlimmer noch; sie sind gerade dabei, den Urtext aller Bücher, die Signaturen des Wunderbaren, auszulöschen. Na komm schon«, gibt Helena sich schließlich einen Ruck, um nicht in ein tiefes Loch zu sinken, »laß uns zu den anderen gehen!« Igor bietet der schönen Helena seinen Arm, wobei er sich ziemlich verbiegen muß, um sich zu ihr hinabzubeugen.

»Seht euch mal dieses Paar an«, stichelt Artlep zu Helastria zwinkernd, »da haben sich ja die beiden Richtigen gefunden.« »Faß dich an deine eigene Rübe, Wurzelzwerg!« »Na komm schon, Igor, du weißt doch, daß ich eine Schwäche habe für Charaktergestalten. Wißt ihr übrigens bereits, daß sich *der Rat* schon wieder vertagt hat? Nach drei Tagen weiterer Beratungen verkündeten sie kurz und schlicht ihre Ratlosigkeit und gaben nur eine knappe Erklärung, daß man sich auch unter den immer schwieriger werdenden Verhältnissen den Werten der Gemeinschaft verpflichtet fühle und sich daher nicht in gleicher Weise benehmen wolle, wie die Menschen mit ihren zahlreichen Flüchtlingen umzugehen pflegen. Doch damit sind wir noch keinen Schritt weiter; zu groß sind einfach all die Probleme, die von den Menschen überall verursacht werden.« »Sei nicht ungerecht«, meldet sich nun Helastria zu Wort, »immerhin legen sie noch so wunderbare Gärten an, wie diesen hier, oder erhalten sie wenigstens.« »Du meinst wohl, sie schützen sie vor sich selbst.« »Ja Igor, so könnte man das wohl auch sehen.« »Ein komisches Volk«, meint Igor genervt von der etwas wichtigtuerischen Art der Zwerge. »Weißt du, die meisten von ihnen waren nie anders. Da hat dich zum Beispiel noch die Große Mutter zwischen den Keimblättern deines Baumes geschaukelt, als ich dieses Volk schon bis zum Überdruß kannte. Als ich jung war, da haben die sogar ihre eigenen Kinder gezwungen, bis zu Erschöpfung, Krankheit und Tod in den Minen zu schuften, der Erde ihre Schätze, tief in derem Inneren, zu entreißen. Ähnlich gehen sie mit ihresgleichen heute nur noch in Asien um, denn mittlerweile bedienen sie sich bei der Unterdrückung und Ausbeutung der eigenen Art nicht mehr ausschließlich der Arbeit, sondern man bezahlt denen, die keine mehr finden können, ein jämmerliches Almosen, das ihnen nicht mehr erlaubt, sich halbwegs gesund zu erhalten, geschweige denn am allgemeinen Leben teilzuhaben. Dabei kann ich mich gut erinnern, wie hoffnungsvoll viele unter ihnen noch waren, etwa in den 1970ern nach deren Zeitrechnung. Einmal verbarg ich mich in einer Höhle, als Bergwanderer kamen, sympathische und naturliebende Wesen, das merkte man gleich. Von meinem Versteck aus konnte ich unbemerkt ihre Gespräche belauschen. Ein Kind sagte – und ihr wißt, deren Kinder sind gar nicht so dumm –: ›Du Papa, wenn der technische Fortschritt so schnell weitergeht, dann müssen die meisten von uns bald gar nicht mehr so viel arbeiten, um das nötige Geld zum Leben zu verdienen, weil die Maschinen uns immer mehr Arbeit abnehmen. Und wir haben dann viel mehr Zeit, endlich all das zu tun, was wir wirklich gerne mögen.‹ Viele von ihnen glaubten das damals ernsthaft. Und was ist aus dieser wunderbaren Idee geworden? Die Maschinen erledigen tatsächlich nun das meiste; und die, welche deshalb keine Arbeit mehr finden, die ausreichend bezahlt wird, werden verleumdet und verhöhnt und zu uninteressantesten oder ungesündesten Tätigkeiten für immer weiter schrumpfende Hungerlöhne gezwungen. Und für all die anderen, die zunehmend fürchten müssen, ihre Arbeit auch bald zu verlieren, bedeutet das ein Leben unter wachsendem Druck und zunehmender Angst. Und wer gründet unter solchen Bedingungen denn noch eine Familie? Durch den Erfindergeist und die Schöpferkraft unzähliger Menschengenerationen waren ihre technische Fortschritte erst möglich geworden; warum sollten seine Früchte jetzt nur einige wenige ernten und in ihrer maßlosen Gier alles an sich raffen? Wenn immer mehr Wohlstand mit immer weniger menschlicher Arbeit erzielt wird, muß man eben so eine Art Grundeinkommen, das man zum Leben braucht, von der Arbeit loslösen. Warum verstehen die das nicht? Begreift ihr jetzt, warum ich sie für bescheuert h…«

Nun unterbricht Mandra Gora ihn, die weise alte Frau, die noch um vieles älter ist als Igor: »Wir wissen, daß die Menschen eigentlich viele schöne Ideen hervorbringen, aber sich immer auch gerne selbst belügen. Die Sklaverei haben sie natürlich nie wirklich abgeschafft – im Gegenteil, sie ist noch verheerender geworden, seit die Sklaven niemandes Eigentum mehr sind. Vorher hat man wenigstens besser auf sie achtgegeben. Deren Wurzel ließen sie aber immer unversehrt, und unter der Maske der Menschlichkeit verfeinerten sie nur die Methoden. Immer noch, wie eh und je, sind sie zu *allem* fähig; und jetzt wird es, zum ersten Mal seit Anbeginn der Zeit, auch für uns, die wir bisher immer im Überfluß von den Äthern der Großen Mutter gelebt hatten, wirklich eng und bedrohlich. Wißt ihr eigentlich, daß gerade hier, in Schloß und Garten, immer noch gerne ihre Anführer ein- und ausgehen, unter ihnen auch viele ausländische Gäste? Sie werden hierher eingeladen, weil *unser Ort* etwas Besonderes ist und die Gastgeber damit Eindruck machen können. Gerade in dieser Stadt treffen sie sich regelmäßig, die Mächtigsten von allen, um auszuhandeln, wie sie nach ihren jeweiligen Interessen am besten den Kuchen der Welt aufteilen. Beim letzten Mal sperrten sie die halbe Stadt ab, fast bis zu unserem Garten, nicht etwa, weil einer von denen hier gerne einmal spazierengehen wollte, um auf bessere Gedanken zu kommen – nein, der Garten war ihm egal. Er wollte nur im Park-Club Nymphenburg in Ruhe Squash spielen, eines ihrer vielen Spiele, wo es auch wieder nur darum geht, jemand anderen unterzukriegen, hinter sich zu lassen und am Ende *besser* als dieser dazustehen ...« »Ah, ich habe es gehört«, fällt Helena ihr ins Wort. »Dieser Rump..., wie heißt der doch gleich?« »Rumpelstielzchen«, faucht Igor voller Abscheu. »Nein, Rumpel ins Feld, glaub ich, oder so ähnlich«, meldet sich noch eine andere Stimme aus dem Tuscheln und Raunen, das die Menge durchläuft wie ein Windstoß, der trockenes Laub aufwirbelt. »Beinahe richtig«, bemerkt Alambique. Als Naturgeist, der nahe an diesem Zentrum der Macht lebt, hört man von manchem, was bei den Menschen vorgeht. »Er ist einer von den Ministern des *Imperiums* im Westen, das auf der anderen Seite des großen Meeres immer ungezügelter und unverhohlener nach weltweitem Einfluß und nach unbegrenzter Macht strebt, jedes Verbrechen mittlerweile schamlos nur noch mit den eigenen Interessen rechtfertigt und dabei aber keinerlei Rücksicht auf die Interessen anderer Länder nimmt – geschweige denn die der eigenen Leute. Aber das Amüsante daran ist: Sie nennen *andere* böse. Das ist leider kein Märchen, auch wenn dieses Wort allein für dieses Genre vorbehalten bleiben sollte; und sie scheuen auch nicht davor zurück, die schauerlichen Dämonen der Vergangenheit, die von uns längst überwunden geglaubt, wieder aus den dunklen Kellern der Geschichte zu holen, bis hin zu ungeschminkter Folter sowie willkürlichen Überfällen auf andere Staaten. Über einen Mangel an Soldaten haben sie jedenfalls nicht zu klagen, seit sie einen wachsenden Teil ihres Volkes verarmen lassen – und vom Bildungs- wie Heilungswesen ausschließen.« »Wenn jener Pappkamerad ...« »Igor! Du bist immer noch in einem Buuhuch!!! Achte doch auf deine Ausdrucksweise.« »Warum, Helena, soll *ich* denn Rücksicht auf *ihre* Bücher nehmen, wenn nicht einmal die Menschen selbst sich an ihre eigenen Regeln halten? Wenn also dieser Pappkamerad, der sich einbildet, Führer seines Landes zu sein (welch undemokratischer Begriff), dessen Wahlwerbung aber vollständig von den Industrien bezahlt wurde, deren Wünschen er allein dient, nicht über jeden Verdacht erhaben wäre, Bücher zu lesen, möchte man meinen, er habe ›1984‹ von Georg Orwell zu seinem Regierungsprogramm gemacht; das sollte heute ohnehin in allen Schulen zur Pflichtlektüre werden.« »Und sogar in unserem Land«, wirft noch Alambique ein, »leisten sich die Menschen einen Innenminister, der auf die Verfassung, also die Bürgerrechte, pfeift und ständig nur davon redet, sie verändern zu wollen, sobald die Justiz ihn wieder einmal in seinen haarsträubenden Plänen gebremst hat.«

»Wie viele Menschen sterben jährlich allein an den Folgen des Passiv-Rauchens?«, so Igor. »Weit mehr jedenfalls, als bisher durch Anschläge umgekommen sind. Wegen der Raucher würde ja auch kaum jemand ernsthaft vorschlagen, das Grundgesetz zu ändern und schleichend, durch die Hintertür, einen totalitären Überwachungsstaat einzuführen. Aber den sogenannten *Terrorismus*, den sie durch ihre Politik erst herbeiführten, stilisieren sie zu einem Kardinalproblem. Denn mit ihm rechtfertigen sie, daß sie aufgrund desjenigen ja *selbst* schrittweise die freiheitlichen Gesellschaftssysteme abschaffen, die angeblich durch die Terroristen bedroht werden. So ein Verhalten wäre doch wohl absurd, würden in Wirklichkeit nicht ganz andere Motive dahinterstecken, als den Terrorismus zu bekämpfen.«

»Ach Igor, ein französischer Freund von mir meinte neulich: Daß sich *da drüben* ein texanischer Provinzler zum Präsidenten aufschwingen kann, mit den Geldern der Konzerne, durch Wahlbetrug und Intrigen, würde ja bald keinen mehr verwundern, aber daß sich deshalb nach und nach die ganze Welt zur texanischen Provinz erklären läßt, sei doch das eigentlich Erschreckende.« »Zum Thema Anführer fällt mir übrigens ein, daß auch ihr Präsident Truman schon einmal hier bei uns in Nymphenburg war, später dann sogar die Königin von Engeland und viele andere mehr. Anläßlich des Besuches der Queen haben sie in den 1950ern sogar das Schloß restauriert.« »Ma chère amie, ja früher ...«, läßt Alambique, der Heiler und Magier, der kürzlich eigens aus der Dordogne angereist war, nur um seinen in Not geratenen Geschwistern beizustehen, sich von der nostalgischen Stimmung seiner alten Freundin Gora anstecken: »Damals waren ihre Politiker noch echtere Anführer, die der Willkür ihrer Händler und Geschäftsleute Grenzen setzen konnten. Doch seitdem die alten Grenzen der Nationalstaaten für ihre Konzerne keine Barrieren mehr darstellen, die immer schneller ins Unvorstellbare wachsen, dabei alles auffressen, was ihnen im Wege steht und nach Belieben ihre astronomischen Gewinne hin und her schieben, wie es ihnen gefällt, haben die Politiker kaum mehr etwas zu melden. So halten Erstere die Macht bald alleine in den Händen. Und um diese geht es ihnen wohl auch, nicht mehr um das Geld an sich; sie ist letztlich der Selbstzweck, an ihr berauschen sie sich. Denn eigentlich kann es einem Menschen doch egal sein, ob er nun hundertmal so viel besitzt, wie er in einem ganzen Leben ausgeben kann, oder hunderttausendmal so viel. Deshalb treffen und verabreden sich deren Funktionäre im Verborgenen und platzieren ihre Leute überall in der Politik und den Behörden, wo es ihnen dient, bis hin zur Weltbank und ihrem Währungsfond.« »Da könnte die Idee der Demokratie, von der die Menschen so gerne mit feierlichen Mienen reden, schnell zu einer Fußnote der Geschichte werden«, konstatiert Igor trocken.

Ein kalter Hauch streift nun die Bäume, die noch in ihrer sommerlichen Fülle prangen; und das leise Rascheln ihrer Blätter scheint die bedrückende Stille, die sich im Park ausbreitet, zu unterstreichen. »Entweder du frißt oder wirst gefressen; das scheint da draußen immer mehr zur Regel und zum unausweichlichen Diktat zu werden. Welch eine abscheuliche Grotesque! Wie anders ist da doch die Natur. *Ihre* Wesen beanspruchen nur das zum Leben Notwendige. Bewahrung in jeder Form, gute Verwertung und Sparsamkeit gehören überwiegend zu ihren Grundprinzipien. Symbiosen aller Art, Kooperation und Partnerschaft halten sich dort mit dem Konkurrenzprinzip zumindest die Waage. Ihre Forscher sagen mittlerweile, daß erstere Formen in IHR sogar deutlich überwiegen. Natürlich wissen *wir* das schon lange! Schließlich ist die Natur ja auch weiblich und unser aller Mutter. Nur der moderne Mensch schlägt hier völlig aus der Art. Als einzige lebende Spezies grast er ein Gebiet, auf dem er lebt, ganz ab und verbraucht es völlig, um dann auf ein neues zu wechseln. Neben ihm gibt es nur noch eine andere Organisationsform, die sich ebenso verhält und die ihre Wissenschaftler nicht einmal eindeutig zu den belebten Seinsformen rechnen: die Viren. Sind die *zivilisierten* Menschen nun die Viren unserer Erde? Den Planeten jedenfalls werden sie nicht so leicht wechseln. Übrigens, wußtet ihr schon, daß sie jetzt nach und nach auch damit angefangen haben, auf Druck der Weltbank, die Atemluft zu privatisieren und die jeweiligen Monopole darauf an Großkonzerne zu verkaufen, die dann die Preise so verteuern, daß viele der Armen sie nicht mehr bezahlen können – oder war es das Trinkwasser? Ist ja auch egal – Das läuft ohnehin auf das Gleiche hinaus.

Liebe Freunde, ich weiß, es ist schwer, sich zurückzuhalten, aber wir Geister dürfen bei all dem nicht eingreifen, auch wenn manche von uns es mit Leichtigkeit könnten, denn sie müssen *endlich* lernen, ihre Geschicke selbst zu lenken, anstatt immer die ganze Verantwortung für alles wieder und wieder an die Schlimmsten ihrer Verbrecher abzugeben, nur weil die ihnen die Anstrengung abnehmen, *selbst* zu denken, und den göttlichen Funken der Vernunft über dem Brennholz ihres Lebens zu schlagen.

Wir können nur einander beistehen in der zunehmenden Bedrängnis, die sich in diesem Garten breitmacht. Und unsere Aufgabe wird auch sein, wenigstens die Menschen zu inspirieren und zu ermutigen, die der Bezeichnung ihrer Art noch Ehre machen. Nur sie können die Welt wieder ins Lot bringen.«

»Jetzt, glaube ich, brauche ich tatsächlich einen großen Wodka«, quittiert Igor, zur schönen Helena gewandt, Alambiques Resummée. »Kennst Du eigentlich diesen wunderbaren Satz von ihnen: Wenn Recht zu Unrecht wird, wird Widerstand zur Pflicht? Schade, daß ihnen so etwas bisher immer erst dann eingefallen ist, wenn alles schon in Scherben gelegen ist. Komm, laß uns gehen, mir reicht's für heute – c'est dégeullasse!«

Ralf Sartori

Vertauschte Rollen und der Reiz des anderen

François Cuvilliés' Spiel mit der Architektur der Amalienburg

Es gibt kaum eine Stelle in der Amalienburg, wo man nicht stutzig werden könnte über einen »Augentratzer«, eine ironische Brechung in der Dekoration oder am Bau – bereits bei der Fassadengestaltung spielt François Cuvilliés mit geläufigen Architekturformen. Tragende Elemente wie etwa Halbsäulen werden zwar zitiert, sind jedoch bloßes Dekor. Die Wand dahinter ist eben noch als Hintergrund für davorgesetzte »schwebende« Flächen erkennbar, doch bald kippt diese Vorstellung ins Gegenteil ...

Auch der Haupteingang, von der Jagdgöttin bekrönt, erweist sich keineswegs als klassischer Giebel, sondern ragt wie ein Bug, eher dynamisches als tektonisches Element, dem Besucher entgegen. Hier betrat die Namensgeberin Amalie vor 270 Jahren ihren luxuriösen Pavillon für die Fasanenjagd.

Rollentausch I

Nach Westen hin, ist ein Ehrenhof angedeutet – hinter dem Schloß, also wiederum die Seiten verkehrt. Im Giebelfeld entdecken wir die Herme eines Satyrs und das Relief zweier Hasen, die an einem Männchen mit Zylinderhut schnuppern. Die verlebendigte Statue lacht über den Anblick dieser verdrehten Welt schallend auf – oder ist sie entsetzt? Ist der Mensch in dieser Verkleinerung jetzt eßbar geworden? Etwa Hasenfutter? Die ansonsten bejagten Kleintiere haben eine beängstigende Dimension erhalten und machen den Mächtigen, jetzt »SO klein mit Hut«, zu ihrer Beute.

Ein Bauwerk verschwindet

Im Spiegelsaal kulminiert, wie nicht anders zu erwarten, die Verzauberung, der Augentrug. Hier zeigt Cuvilliés nichts Gebautes, sondern schiere Dekoration. Tragende Formen sind nicht zu sehen, sie sind überspielt. Die architektonische Struktur befindet sich gleichsam hinter den Kulissen einer Dekorationskunst. Was fest und (wenn auch filigran) gebaut erscheint, ist es keineswegs, ist vorgeblendet. Blendwerk im besten Sinne. Nicht Baukunst wird gezeigt, sondern deren Auflösung, nicht rational Faßbares, sondern Flüchtiges, gleichsam Entmaterialisiertes.

Schau und Kulisse

In der Küche wurde »die fremde Welt« gefeiert, zur Schau gestellt, zum Thema des spontanen und gebildeten Gesprächs gemacht. Zeitliche Ferne suggerierte ehemals ein Keramikgeschirr, das in seinem Dekor bereits damals als antiquiert und bäuerlich wahrgenommen wurde. Präsentiert (und auch nach wie vor für uns Heutige präsent) wird der ferne Osten als »Chinesenhimmel«: am Plafond mit einem Mandarin in seiner Rikscha, an den Einbauschränken mit Hundemetzger und Opiumraucher. Das Serail der Sultane wird ebenfalls zitiert, genau genommen ist es der »goldene Käfig« der osmanischen Prinzen – hier als Prospekt vor dem Rauchfang – an der Esse eines luxuriösen Grills »auf dem die Kurfürstin selbst gekocht«, wie es kurzschlüssigerweise immer wieder gerne kolportiert wird.

Rollentausch II
Unbekanntes ausloten, sich selbst versuchen

Die fremde Welt der Chinesen war einer Amalie, einem Karl Albrecht wohl nicht weniger fern als die doch räumlich so nahe Welt der einheimischen Bauern, deren Äußerungen nur dann akzeptabel waren, wenn sie spielerisch aufgefaßt werden konnten – und spielerisch blieben: in Maskerade und Theater. Dafür wurde die Küche der Amalienburg geschaffen. Hier fanden Rollentausch und Identitäten-Spiel statt, wenn man »Wirtschaften« wie das gemeine Volk veranstaltete. Dann war der Fürst ein schlichter Gastwirt, Kellner gar. Denn nur in dieser Rolle war es ihm möglich, ein menschliches Handlungsspektrum auszufüllen, das auch das Dienen einschließt. Nur hier und nur in einer solchen Rolle war es dem Fürsten angemessen, höchstselbst zu bedienen – dem Nicht-Ebenbürtigen und Untertan einen Krug Bier zu kredenzen oder einen Teller Suppe aufzutischen. Nur hier, im intimen Speisezimmer dieser *happy few*, in vertauschter Identität von Herrschaft und Dienerschaft, von Groß und Klein, von Oben und Unten konnte der Reiz des Anders-Seins erfahren werden, ausgekostet werden, gefeiert werden. Feste mit dem Titel »Bauern-Hochzeit« und »Wirtschaften« waren in der aristokratischen Sphäre beliebt. »Schäferspiele« sind ob ihrer erotischen Komponente bis heute in unsrem Sprachgebrauch geblieben, »Eremitenspiele« mit kaum weniger erotischer Spannung zwischen schmachtenden Einsiedlerinnen und nur allzu gerne versuchten Anachoreten sind nurmehr in der Literatur aufzuspüren – und in »Eremitagen« –, jenen Bauwerken des Barock, die als Kulissen für Selbstinszenierungen der Hofgesellschaft in Maschera geschaffen wurden.

Die Schickeria des 18. Jahrhunderts im Lumpen-Look? Selbsterfindung in den Randzonen des gesellschaftlich Akzeptierten gab es nicht nur im 18. Jahrhundert. In der Faschingszeit ist dies ritualisiert. War das Rokoko (zumindest was die kulturelle Oberschicht betraf) eine Spielwiese des vielbesprochenen *homo ludens*, so verstanden es Künstler wie Johann Baptist Zimmermann und François Cuvilliés, hier einen Ort zu gestalten, an dem man sich für eine bestimmte Zeit verzaubern läßt, an dem man der Welt etwas vormachen darf, wo der Schein, der Glanz, der flüchtige Schimmer ausgereizt und genossen wird.

Gespräche über Kunst und die Welt

Neben dem Küchenausgang ein Fliesenbild. Ein Puzzle aus 84 Teilen, gewiß keine Herausforderung für ein Kind, weniger noch für Kunsthandwerker, die im Umgang mit Ostasiatica vertraut waren, für Kopisten japanischer Vasenbilder etwa, die in Delfter Manufakturen jene Tausende von Fliesen schufen, die (bei allen verwandten Räumen) gerade diese »Küche« so einzigartig machten. Warum ist dieses große Fliesenbild so falsch zusammengesetzt, warum hat man so offensichtlich zwei senkrechte Reihen versetzt? Waren Unterhaltsamkeit und buchstäbliche Unterhaltung der Zweck? Um Stoff für Gespräche anzubieten? Um raten und rätseln zu lassen? Um Fremdheit nicht nur im Inhalt, sondern auch im Formalen auszudrücken? Ähnlich einem Spiegelkabinett, das die Welt zerlegt, um dann die Tätigkeit eines Zusammenfügens, eines Neu-Erschaffens anzuregen?

Albrecht Vorherr (Kastellan von Schloß Nymphenburg)

Faschingsfreuden am Kurbayerischen Hof

Bereits unter Kurfürst Max Emanuel (geb. 1662, gest. 1726) spielte der Karneval im Jahreskreislauf eine große Rolle.

Die Vielfalt und Buntheit der Feste, Opernaufführungen, Konzerte und Maskenbälle wurden herbeigesehnt und mit deren Hilfe der Winter versüßt.

Unter den Masken waren alle gleich, hohe Herrschaften gaben sich ungezwungen, frei von Pflichten der Etikette.

»Das Evangelium der Liebe ist Neuheit« ist ein Ausspruch von Max Emanuel. So begab er sich, zudem als leidenschaftlicher Tänzer und Musikliebhaber, im Kreise weniger Vertrauter während der Faschingzeit inkognito dreimal in der Woche zum Souper in die Münchner Bürgerhäuser. Danach mischte man sich unter die Festgäste und tanzte bis 7 Uhr morgens.

»Ich habe kein Land gesehen, wo der Karneval so geschätzt wird«, äußerte sich der französische Gesandte am kurbayerischen Hof, Louis Hector De Villars.

Da der Kurfürst außer schönen Frauen auch die rasche Fortbewegung liebte, nutzte er Schnee und Eis, um mit Pferdeschlitten die Faschingsfeste der damaligen freien Reichsstadt Augsburg rasch zu erreichen, deren wohlhabende Handelsherren sich gegenseitig zu übertreffen suchten.

Auch dessen Sohn und Nachfolger Kurfürst Karl Albrecht führte diese Tradition fort.

Am 5. Januar 1736 fand zum Beispiel eine große »Schlittage« statt, die aus 42 kunstvoll geschnitzten Schlitten bestand. Jedes dieser Gefährte wurde von einem der Hofkavaliere gelenkt, vor ihm saß jeweils eine in »kostbaren Pelz und Schlittenhaube gekleidete Hof- und Staatsdame«.

Diese Paare wurden durch Losverfahren für einander bestimmt.

Danach hielt man festlich Tafel, worauf ein Ball folgte und danach Appartement gehalten wurde.

Liselotte von der Pfalz hatte bereits in einem Brief vom 29. Mai 1718 geschrieben: »Die Prinzen von Baiern sollen gar nicht hübsch sein, aber viel Verstand haben. Vatert sich's bei ihnen, so werden sie den Grisetten brav nachlaufen.« (*Grisetten war ein Ausdruck für die grau gepuderten Hofdamen. Gemeint ist hiermit wohl: »Wenn sie nach ihrem Vater geraten ...« Anm. der Redaktion.*)

Die Prinzenfahrten der Söhne Max Emanuels nach Italien boten gute Gelegenheiten, den »Venusberg zu erklimmen«, insbesondere in Venedig, dem damaligen weltgrößten Sündenbabel.

Um der wittelsbachischen Hausmachtpolitik zu nutzen, mußten einige dieser Söhne gegen alle Neigung und deren ausdrücklichen Willen die geistliche Laufbahn einschlagen.

Clemens August (1700–1761) wurde Erzbischof und Kurfürst von Köln, außerdem Fürstbischof von Münster, Paderborn, Hildesheim und Osnabrück, sein Bruder Johann Theodor (1703–1763) wurde Kardinal von Freising, Regensburg und Lüttich.

Beide geistlichen Herrn pflegten trotz ihres würdevollen Amtes intimen Umgang zum schönen Geschlecht und besuchten besonders gerne die Haupt- und Residenzstadt München zur Faschingszeit.

Die jährliche Maskerade hat sicher einiges dazu beigetragen, daß der älteste Sohn und Nachfolger Max Emanuels, Kurfürst Karl Albrecht, mit seinen zahlreichen Geliebten nicht weniger als 40 Kinder hinterließ.

D. Fuchsberger

Die Gruppe des Pan im Nymphenburger Park

Es war dies der Lieblingsplatz des Königs Max I. Joseph. Fast jeden Sonntag führte ihn sein Familienspaziergang hierher – zum »Pan-Denkmal«, wie bereits frühe Historiker diesen Ort bezeichneten.

Pan – Herkunft und Wandel einer Sagengestalt

In der Antike ist Pan ein Hirtengott, halb menschlich, halb als Ziegenbock dargestellt: mit spitzen Ohren und Ziegenhörnern, bocksfüßig, auch mit Ziegenpenis, immer mit Bart. – So auch sein Gefolge, die ihm verwandten Satyrn (oder lateinisch die Faune).

Sein Mittagsschlaf ist ihm heilig, wer ihn weckt, dem jagt er helle »Panik« ein, jähen Schrecken, die »panische Angst«.

Er ist Sinnbild ungezügelter Sexualität, Nymphen und menschliche Hirtinnen begehrend. Wegen seiner unsittlichen Triebhaftigkeit und seiner Bockshörner hieß es in frühchristlicher Zeit: »Betet diesen heidnischen Gott nicht mehr an, das ist der Teufel!« Deshalb sieht unser christlicher Teufel aus wie der antike Pan.

Auch ist er Erfinder einer aus Schilfrohr geschnittenen Flöte, die nach ihm »Panflöte« benannt wurde. Diese Rohrflöte ist Zeichen der besitzlosen Klasse (wie die Schalmei und der bäuerliche Dudelsack – im Gegensatz zu Musikinstrumenten der herrschenden Oberschicht wie Harfe, Geige, Trompete).

Verwendung in der Kunstgeschichte

Pan gehört nicht zur Chefetage des antiken Götterhimmels. Auch die zweite Reihe, etwa Krieg, Handel oder Kultur, verweist ihn weiter zu einer »Bronzemedaille«. Gerade aber diese »drittklassigen« Götter erlangen im Europa des 18. Jahrhunderts Hochkonjunktur! Solche Randthemen sind künstlerisch noch nicht ausgelutscht und bieten frisches Terrain für höfische Auftraggeber und Künstler – von Paris bis Wien. So ist dies im Jahre 1774 für den Kurfürsten Karl Theodor durchaus ein Thema: Er beauftragt den Bildhauer Peter Lamine, für den Schloßpark in Schwetzingen eine Figurengruppe mit dem Motiv des Hirtengottes zu gestalten. Auch für König Max I. Joseph von Bayern meißelt Lamine eine ähnliche Figurengruppe aus weißem Marmor. Diese wird 1815/16 im Schloßpark Nymphenburg aufgestellt.

Hier bei uns

Das Werk des Bildhauers Peter Lamine zeigt den flötespielenden Hirtengott Pan begleitet von einer Ziege. Diese Figurengruppe wird dem Parkbesucher nicht etwa bereits auf lange Sicht zeremoniell präsentiert, sondern erst einmal akustisch angekündigt: Von der Badenburger Brücke her kommend – oder vom Schloß zur Badenburg wandernd, erlauscht der Spaziergänger zunächst das Plätschern einer Quelle …

Neugierig geworden, entdeckt der Wanderer schließlich jenes »Pandenkmal«, das in der Theorie der Landschaftsgartens als »Idyll« bezeichnet wird: Hinterfangen von dunklem Gehölz tritt das helle Material der Bildhauerarbeit kontrastreich in Erscheinung. Steht man direkt davor, befindet man sich auf einer Art Brücke, einer Schwelle: Auf der einen Seite sind Klang, Kontrast, Dramatik und künstlerische Sensation – ganz anders jedoch erscheint die Welt, wenn man auf dem Absatz kehrt macht: Still, hell und heiter, entspannt und licht sieht jetzt die Landschaft aus. Das Wasser fließt nun ruhig dahin, überschaubar und klar ist es, bis auf den Grund, es plätschert nicht mehr, es fließt dahin, in die offene, hellere Landschaft, nach Osten hin, zum Herrschersitz.

Sckell

Friedrich Ludwig von Sckell fügte die Bildhauerarbeit in seinen neu angelegten Landschaftsgarten ein, ja, eigentlich baute er sie ein. Felsbrocken bilden einen hohen Sockel, der die Gruppe entrückt und mit einer sprudelnden Quelle akzentuiert. In Sckells Hauptwerk *Beiträge zur bildenden Gartenkunst* beschreibt er genau die gärtnerische, die gartenkünstlerische, wie auch unsere pflegerische Sichtweise:

»Die Zwischenräume der Felsen darf man nicht ausmauern, wie mir Beispiele bekannt sind, sondern diese müssen mit Erde ausgefüllt werden, damit sie Gesträuche, klimmende und andere Pflanzen von verschiedenen Arten aufnehmen können; denn nur durch die Pflanzungen vermag die Kunst diese losgerissenen Felsenstücke, wenn sie ein künstlich Machwerk verrathen, natürlich zu verbinden, und jene Stellen, welche fehlerhafte und unregelmäßige Zusammenstellungen zeigen, hinter diese zu verstecken. Nur durch sie, durch die zarten biegsamen Ranken des Epheu, des Jungfernweins mit dem Geisblatte, dem europäischen Lycium, der Waldrebe, der Brom- oder Himbeere, dem Sinngrün, der wilden Rose, der Berberitze, und mit noch vielen anderen und überhängenden Gesträuchen und Bäumen, unter denen auch perennirende und jährige Felsenpflanzen erscheinen können, ist die Kunst im Stande, einen so hohen Grad von Täuschung zu bewirken, der glauben läßt, diese getrennten Felsenstücke (weil die Stellen ihrer Trennung hinter Gesträuchen ungesehen und verborgen liegen) bestünden aus einer zusammengewachsenen natürlichen Felsenmasse, und gehören nicht mehr der Kunst, sondern ganz der Natur an. Nur durch eine zweckmäßige und zugleich bildlich angeordnete Pflanzung kann das, was die Kunst, und gar oft ohne ihr Verschulden, nur fehlerhaft bewirkte, nach einigen Jahren dem Tadel entzogen werden, und Beifall einernten.«

Zitat nach der Heidelberger Ausgabe im Reprint Worms, 1998, S. 154 aus Kapitel XIX. § 8: »*Die Felsen bei Wasserfällen, oder wo sie sonst noch statt finden sollen, zu legen und zu bepflanzen.*«

Und nun?

Genau das wäre die Szene, in der wir unser Pan-Denkmal erleben würden – wenn es nach Sckell gehen würde. Wenn es nicht im Laufe der Zeit zu einigen Fehlstellen gekommen wäre, die mit etwas gutem Willen, Arbeit und mit ein paar Fuhren Erde gestopft werden könnten.

Der »Sockel« unseres Pan ist zwar nicht ausgemauert, aber wirklich nicht im Sinne des Erfinders. Dieser schreibt ja: »Die Zwischenräume der Felsen ... müssen mit Erde ausgefüllt werden.« Denn »nur durch Pflanzungen« sei es möglich, »diese losgerissenen Felsstücke ... natürlich zu verbinden«.

Also Lücken füllen zwischen den Felsbrocken! Brombeere, Waldrebe und Geißblatt da zu pflanzen. Schloßparkfreunde und benachbarte Schrebergärtner fragen, ob sie Pflanzbares spendieren und seitens der Parkverwaltung einen Wagen voll Humus einbringen.

Viel ist das nicht. Aber wichtig.

Gärtnerische Kultur – am Pan

Die Schloß- und Gartenverwaltung ist allerdings in anderer Hinsicht weit mehr gefordert: Der gärtnerische Umgriff des Denkmals ist in beklagenswertem Zustand, vulgo: zum Abort verkommen. Derzeit hält kein schützendes Brombeergestrüpp, keine wilde Rose oder stachelige Berberitze den kletter- und erkundungsfreudigen Eindringling davon ab, die Ziegenhörner zu packen oder sich hinter dem Denkmal zu erleichtern. Auf den Trampelpfad dort hinauf macht eine hölzerne Barriere aufmerksam, die wohl ein verzweifelter Parkpfleger anbringen ließ, die jedoch im Vergleich zum Sckellschen Bepflanzungsvorschlag wenig auszurichten vermag.

Freischneiden von verunklärenden Zutaten wird ein weiterer notwendiger Schritt sein. Sowohl am Prospekt der Pan-Gruppe, alsdann auch auf seiner gegenüberliegenden Seite. Neben der Gruppe, sie begleitend und auf sie hinführend, sind Tuffsteinfelsen arrangiert, kompositorisch reizvoll und notwendig. Das Auge des Betrachters muß diese künstlerischen Elemente momentan mit Mühe finden. Die Komposition erscheint zu eng gefaßt; eine unpassende Bepflanzung beraubt sie ihres Atems.

Ausgewachsen und löchrig erscheinen auch die Eiben im Rücken des Pan, die der Szenerie doch als »Theatervorhang« dienen müßten.

Und gegenüber?

Den großen Pan im Rücken, folgt unser Blick dem Wasser, das zum Schloß fließt, wir erblicken den Himmel zwischen lockeren Baumkronen.

Links und rechts davon allerdings weitere überholungsbedürftige Areale! Links eine botanische Seltenheit, die geschlitztblättrige Buche, als markanter Solitär gedacht, leider durch konkurrierende Baumschößlinge in unmittelbarer Umgebung bedroht.

Rechts, zur Badenburg hin, eine weitere Problemzone. Bäume und Sträucher, die optisch nicht mit der Pan-Gruppe harmonieren. Irgendwie steht auch eine Bank herum. Ratlosigkeit und gärtnerisches Elend zeigen hier ein offensichtlich fehlendes Konzept, ohne jede Beachtung der Vorgaben des großen Gartenkünstlers Friedrich Ludwig von Sckell.

Franz Hirschwitz

(Ein Bild der Pan-Skulptur mit gartenlandschaftlicher Einbindung befindet sich in Band IV des »Nymphenspiegels«, auf S. 75, Anm. des Hrsg.)

Reisetagebuch
eines Wander-Leih-Buchs

Wenn ein Buch, wie im Vorwort schon angesprochen, ein Garten ist, den man in der Tasche tragen kann, und der »Nymphenspiegel«, im Besonderen, auch noch eines, das sich, zumindest teilweise, der künstlerischen Reflexion einiger Gärten widmet, geht *dieses* Kapitel innerhalb des »Nymphenspiegels« sogar noch einen Schritt weiter in der Ausdehnung der Möglichkeiten dessen, was die Ideenwelt der Gärten hervorzubringen vermag. Es enthält nämlich das *Reisetagebuch* des nymphenspiegelschen Buch-Gartens. Denn jener wurde – und wird immer wieder aufs Neue – tatsächlich auf Reisen geschickt, wobei er sich dadurch noch vielen weiteren konkreten Gärten weltweit öffnet. Und zwar geschieht das nach dem Zufalls-Prinzip, wie gleich weiter ausgeführt werden wird.

Ausgangspunkt und *Wurzelgrund* dieser geheimnisvollen Reise-Linien ist dabei von Mal zu Mal der Nymphenburger Schloßpark in München, jener besondere poetische Ort, an dem, und um den herum, auch der »Nymphenspiegel« ideenhaft zu kristallisieren begann, zumindest in seiner Anfangszeit, und der während seiner ersten drei Bände hauptsächlich seine künstlerische Reibungsfläche bildete. Doch auch alle weiteren – und künftigen Bände hindurch empfangen Buch und Projekt einen starken *Zufluß* aus diesem magischen Kraftfeld.

So paradox allein diese Idee ist, die mich so schnell – und dann bald immer mehr, in ihren Bann gezogen hatte, daß etwas so deutlich begrenztes und offenbar Endliches wie ein Garten, zum Anlaß einer unendlichen Geschichte seiner sich zyklisch fortsetzenden künstlerischen Spiegelung werden kann, kommt hier ein weiteres Paradoxon hinzu: Es ist jenes, daß etwas als eigentlich so statisch assoziiertes wie ein Garten mittels dieses Buches auf Reisen geschickt werden kann, auf Reisen, die dazu noch, selbst in ihren Zielen und Routen, gänzlich unvorhersehbar sind.

Wie das geschehen soll? Durch Weiterreichen der »Nymphenspiegel«-Bände und – parallel dazu – das Verfassen eines eigenen kurzen Beitrages. Und wie immer, bei all dessen Projekten, kann daran, potentiell, sofern die Beiträge über ein ausreichendes literarisches Potential verfügen, wieder jede(r) teilnehmen.

Da dieses eine Beispiel literarischer Reflexion der vielfältigen Wechselbeziehungen von Mensch und Garten, für das der »Nymphenspiegel« hauptsächlich steht, nicht nur auf den Nymphenburger Schloßpark, sondern ebenso auf jeden anderen wirklichen Garten übertragbar ist, lassen Sie sich davon anregen und schreiben Sie, ausgehend von Ihrer besonderen Beziehung zu einem konkreten Garten, wenn es so etwas in Ihrem Leben gibt, einen kurzen Beitrag. Beschreiben Sie, in einigen begleitenden Zeilen, bitte auch, welcher Garten es ist, wo er sich befindet und welche Bedeutung er für Sie und Ihr Leben hat(te). Dann findet durch Ihren Text auch dieser Garten Eingang in das universale – und vielleicht einmal globale »Gewebe des Nymphenspiegels«. Dabei kann der Kern-Text Ihrer Beschreibung in jeder literarischen Form verfaßt sein, gleichgültig ob als Gedicht oder in Prosa.

Jede(r), der nun aktiv an dem »Wanderbuch-Projekt« teilnehmen möchte, bekommt von mir einen Band des Nymphenspiegels, schreibt in besagter Weise seinen Beitrag, schickt ihn mir zu und gibt *diesen* »Nymphenspiegel«-Band daraufhin weiter, zusammen mit dem beigefügten Erklärungstext: an einen Menschen, den er (sie) besonders schätzt, der Gärten liebt und auch gerne schreibt – sofern jener an dem Wanderbuch-Projekt teilnehmen möchte.

Optimal wäre eine deutschsprachige Person, die möglichst weit entfernt von Ihnen, vielleicht sogar im Ausland, lebt. Auf diese Weise wird der »Nymphenspiegel« nach und nach auf Weltreise gehen. Es kann aber ebenso der Nachbar oder ein Familien-Mitglied sein. Gehen Sie dabei nur nach Ihrer Intuition vor. Auch dieser Mensch möge dann in beschriebener Weise verfahren und das Wander-Buch nach einiger Zeit erneut weiterreichen. All die Rückmeldungen dieser Menschen, die seinen Weg dadurch vorzeichnen und gestalten, an die Redaktion, werden in den jeweiligen Bänden des »Nymphenspiegels«, in *diesem* sich darin weiter fortsetzenden Kapitel fortlaufend veröffentlicht.

Setzen Sie sich also bitte mit mir in Verbindung, wenn Sie an dieser künstlerischen Gemeinschaftsarbeit so vieler Menschen teilnehmen wollen, die über den ganzen Planeten verteilt, in verschiedenen Kulturen der Welt, leben und sich größtenteils nicht kennen, damit ich Ihnen einen »Nymphenspiegel«-Band geben kann. Schicken Sie mir dann, nach einiger Zeit, Ihren Text per Mail oder per Post, sowie mit Ihrer Adresse und Telephon-Nummer versehen. Und schreiben Sie bitte auch dazu, welchen der Bände Sie selbst erhalten haben, an die vor dem Autorenverzeichnis stehende Redaktions-Adresse.

Und bitte vergessen Sie auch nicht, Buch und Brief immer an eine Person weiterzureichen, die, nach kurzer Rücksprache, an diesem Gemeinschaftsprojekt ebenfalls ernsthaft bereit ist teilzunehmen.

Es folgen nun die bisherigen Etappen der ersten Reiselinie des »Nymphenspiegels«, bei dem es sich um Band I handelt. Da ich von diesem Buch schon länger nichts mehr gehört habe, gehe ich davon aus, daß der Ort seiner letzten Nachricht auch das Ende seiner Reise markiert. Doch es werden in den nächsten »Nymphenspiegel«-Bänden weitere Reiselinien folgen.

Die (teilweise sehr ungewöhnlichen) Lebensläufe der hier zu Wort kommenden Autor(inn)en befinden sich ebenfalls im allgemeinen Autorenverzeichnis dieses Bandes.

Reiselinie 1
Folgende Autorin schrieb hier über die wöchentlich stattfindende »Offene Poesiegruppe« des »Nymphenspiegel«-Kultur-Forums im Nymphenburger Schloßpark, ein Garten, der für sie von besonderer Bedeutung ist, und von dem auch das darauffolgende Gedicht inspiriert ist.

Blind Date
Samstags aufwachen ist anders als an den übrigen Wochentagen. In Ruhe Kaffee zu trinken und die wichtigsten Dinge zu erledigen, habe ich vor mir, und nur noch wenige Stunden trennen mich vom Zauberpark des Schlosses Nymphenburg.

Ich mache mich auf den Weg, um pünktlich um 11.00 Uhr zu einem Blind Date mit einem griechischen Gott, nämlich Apollon, an dessen ihm zu Ehren ernannten Monopteros, dem Apollotempel, zu erscheinen. Immer ein Blind Date, die Poesiegruppe, das Apollo-Forum, man weiß nie, wer kommt, alte Hasen aus der Gruppe, neue Leute, die »Nymphenspiegel«-Luft schnuppern wollen, Männer, Frauen, Kinder oder ja, es kommt gar keiner außer mir. Einmal kam ich schon in den Genuß des Vergnügens, allein im Zwiegespräch mit Apoll zu sein. Gesehen hab ich ihn noch nie, aber sobald ich in den Weg zum Tempel einbiege, das imposante Bauwerk zu Gesicht bekomme, spätestens aber, wenn ich drum herumgehe, einen Fuß auf die alten Stufen setze, beginnt der Geist des Apoll' um die Säulen zu wandeln. Geduldig wartete er auf mich und spricht.

Ich führe ein Doppelleben, die Verwandlung beginnt immer auf dem Weg zum Tempel im Park. Welche Menschen begegnen mir, welche Tiere grüßen mich, was flüstern die Bäume? Anfangs, als ich neu in der Gruppe war, war ich zuerst noch ganz zurückhaltend, ich könnte ja wieder gehen, falls jemand die Grenzen meiner Aura übertreten würde. Ich bräuchte ja nicht mehr wiederzukommen, und alles ginge seinen Gang weiter.

Aber nein, vom ersten Augenblick an schien ich dem Charme Apolls zu erliegen. Während der Woche flüsterte er mir Gedichte zu, damit ich ja wiederkomme am Samstag, um sie ihm vorzutragen. Das und vieles mehr geschieht mit den Menschen hier an diesem besonderen Platz und innerhalb der Gruppe.

Der Maskenball des Alltags beginnt mit Eintritt in den Park zu schwinden. Dichter sehen einander oft tief auf den Grund, sonst wären wir keine Poeten. Masken beginnen zu fallen und es tut nicht mal weh, es ist heilsam, es ist lustig und heiter.

Hier kommt man zu sich selbst und darf und soll auch man selber sein, fast wie komplett nackt und doch fühlt man sich nicht so, sondern eins, mit der Natur im Park und mit den Menschen.

Diesen Platz erlebt man Woche um Woche, Monat um Monat, Jahreszeit um Jahreszeit anders. Und jedes Mal ist es auch in der Gruppe anders. Das ist, was schon den Samstag Morgen so spannend macht, eine feine, innere Freude.

Zurück zum Tempel. Es ist erstaunlich, wie die Natur oft Regie führt und sich, wie in einem gelungenen Film, als Szene, in die gelesenen Texte einfügt. Enten und Gänse schnattern zum richtigen Zeitpunkt oder ein Jogger umrundet genau im richtigen Augenblick den Tempel.

Das Wetter paßt zu Stimmungen, einmal verhält sich der See vor dem Tempel ruhig, ein anders Mal sitzt man wie am Meer und viele kleine Wellen, White Horses, jagen über das Wasser.

Auch Themen von Texten, die scheinbar abgestimmt zusammenpassen, fügen sich wie von Zauberhand an manchen Samstagen zusammen.

Wir reden, über die Texte, über uns, jeder wird angenommen, wie er ist, ganz egal, ob er ein bedeutendes Studium hinter sich gebracht hat oder einfach nur ein kleines, erfolgreiches Familienunternehmen führt. Nur echt sein muß man, ja, man kann gar nicht anders, dazu treiben einen früher oder später die Geister, die es hier überall gibt, von den Nymphen ganz zu schweigen. Sie scheinen auch über die Schloßmauer hinaus wirken zu können, denn zu den Phänomenen gehört, daß Menschen zum richtigen Zeitpunkt auf die richtigen Leute innerhalb der Gruppe stoßen, nicht mehr, regelmäßig oder auch unregelmäßig immer wiederkehren.

Auch Mitbringsel stellen sich von Zeit zu Zeit ein, wir hatten schon wunderbare Schokoladen-Picknicks, Kuchengelage und Schinkengenüsse. Auch

Apolls Halbbruder Dionysos mischte sich ein und ließ so manchen von uns Trauben, Wein oder Sekt mitbringen. Wunderbare Sommerstunden haben wir hier verlebt. Und wenn uns im Winter Frau Holle oder Boréas zu heftig segneten, dann landeten wir nach angemessener Zeit im Kaffee des Botanischen Gartens.

Susanne Nazet

Der Wunschbaum

Heute morgen legte mir ein Rabe
eine Walnuß auf die Straße,
um sie knacken zu lassen.
Er flog auf den Zaun und wartete geduldig.
Ich traf, es gelang mir,
mit den Reifen meines Wagens
seinem Wunsch nachzukommen.
In den Rückspiegel sehend,
nahm ich zufrieden wahr,
ihm einen erfolgreichen Start
in den neuen Tag beschert zu haben.

Heute Nachmittag ging ich
im Schloßpark spazieren,
kam an meinen Lieblingsbaum,
den, mit dem großen Loch darin.
Er erinnert mich an Märchen,
ich dachte,
gleich erscheint aus der Tiefe
ein lustiger Troll oder gar eine Fee,
die mich nach meinen Wünschen
fragen würde.
Da hopste ein Rabe im Gras daher
und erinnerte mich an den Morgen.

Sogleich wünschte ich, obwohl
kein Geistwesen zu sehen war,
könnte ich wie er,
so manche Nuß
von einem
höheren Wesen knacken lassen.
Vielleicht gibt es diesen Engel für mich,
dachte ich am Abend,
der Rabe hat mir nur eins voraus.
Er sieht mich, nimmt Kontakt auf,
in der Absicht, die harte Nuß zu knacken.

Vor dem Einschlafen dachte ich,
gut, daß er mich erwischt hat,
heute Morgen.
Da sagen manche Leute,
Raben seien
Totenvögel.

Susanne Nazet

Diese Autorin gab, während einer Reise nach Tirol, den Wander-»Nymphenspiegel« an die Autorin Gertrude Schrott in Landeck, weiter, die mir einige Beiträge zusandte. Der Garten, der für sie eine besondere Beutung habe, sei der »Große Gottesgarten der Natur« an sich, von dem ihre Texte angeregt werden.

Birken

Birken
wunschbesessen
in der grünen Farbe
nicken mir zu
schicken mir Träume
der Erfüllung
der verborgenen Zukunft
weil sie heute im Frühlingsgarten stehen
und die Herbstfarben
vergessen haben

mond

silberlicht
spinnt der mond
in die nacht
großes
ewiges
wolkentürme
umfangend
drunter der fluß
im Wechsellicht

Gertrude Schrott

See

Inmitten des Sees
treiben lassen
umspült von sanften Wellen
zum Himmel
der Blick
in die Märchenwolken
vom Wind gekost
zerrissen
die Sonne
wärmt mein kühles
Gesicht
trocknet
die nassen Wangen
bald steige ich
in die Blumenwiese
und genieße
den Boden unter mir
ich kann wieder Wurzeln schlagen

mein wiesen garten

natur
leben und tod
stille
rauschen
wecken in mir
das staunen
genießen
statt angst
vor dem verlieren
paradies ahnen
steigt in mir
geborgenheit
im zuhause
es gibt sie noch
die stille

Gertrude Schrott

Jene Autorin gab wiederum ihren Wander-»Nymphenspiegel« an die südtiroler Lyrikerin Wilhelmine Habicher weiter, die dort in Mals lebt.

Zu den Gärten, die für diese Autorin von besonderer Bedeutung sind, gehören offenbar jene von Schloß Trauttmannsdorff, bei Merano.

Schloß Trauttmannsdorff

Bunte Muse
umfängt mich
hinter deinen Gittern.
Ob Seerosen
im Wasser,
Oliven am Hang,
vollreife Trauben
im Laubengang,
der Schauplatz
am Hochstand,
die Gänse im Bach,
all diese Eindrücke,
sie halten mich wach.
Es baumelt meine Seele
in deinen Reih'n,
hier möchte ich leben,
immer, immer sein.

Trunken vom Sonnenschein,
die Mohnblüten
am Straßenrand.
Trotzen Staub, Wind,
lärmendem Zischen.
Strahlendes Leuchten,
ihr Sein,
dringt in mich ein.

Wilhelmine Habichler

Gute Laune –
wertvoll Gut.
Gute Laune
liegt im Blut.
Obgleich für alle
kostenlos,
ist der Mangel
riesengroß.

Je anonymer der Mensch
an seinem Arbeitsplatz –
umso anlehnungsbedürftiger ist er,
kommt er heim;
ist er nicht schon selbst
zur Maschine erstarrt?

Herbstbild

Blätter welken vor sich hin
auf Weg und Straß' und Rasen.
Tanzten neulich noch umher,
vom Wind getragen – Raschelmeer.

Luft und Raum beherrschten sie,
im frohen Wirbeln querfeldein.
Farb' und Leben nun verblassen,
am Boden liegend, dicht in Massen.

Der kalte Regen stiehlt die Farbe,
die Lebensfreud' verliert den Halt.
Ist Sicherheit – das Sein – genommen,
Lebensinhalt wird verschwommen.

Wilhelmine Habichler

Aus den Gärten des »Nymphenspiegels«

Eine weitere Ernte

Wege aus der Depression?

Der Zusammenbruch der Finanzmärkte weltweit, hat das Schreckgespenst der Weltwirtschaftskrise in den 1930ern wieder aus dem kollektiven Erinnerungs-Schlaf geschüttelt. In diesem Zusammenhang möchte ich hier ein Nymphenburger Künstlerlokal und dessen Geschichte kurz vorstellen, das 1929 gegründet wurde und in dem, im Rahmen des »Nymphenspiegel«-Kulturprogramms, regelmäßig Lesungen, mit – und von »Nymphenspiegel«-Autor(inn)en veranstaltet werden, sowie der »Blue Note Club« für Jazz-Freunde, Balkan-Konzerte und Chanson-Abende.

Zu gegebenem Anlaß wird in diesem Kapitel aber auch das »nymphenspiegel'sche« Konzept privater Tango-Salons näher beschrieben werden. Von einem der wichtigsten Tangodichter, Enrico Santós Discépolo, dessen Texte oft mit Zynismus, Härte und dem Ausdruck der Vergeblichkeit die gesellschaftlichen Verhältnisse in den 1930ern, am Rio de la plata, spiegeln, stammt auch der Tango »Yira yira«. Darin heißt es: »*Cuando la suerte qu'es grela,/fayando y fayando/te largue parao;/cuando estés bien en la via,/sin rumbo, desesperao;/cuando no tengas ni fe,/ni yerba de ayer/secándose al sol;/cuando rajés los tamangos/buscando ese mango/que te haga morfar ...//La indiferencia del mundo/- que es sordo y es mudo -/recién sentirás!«*

»*Wenn das Glück, diese Schickse,/dich genug angeschmiert/und dann an die Luft gesetzt hat;/wenn du auf den Hund gekommen bist/und nicht mehr aus noch ein weißt,/wenn du keinen Glauben/noch gestern aufgegossenen Tee mehr hast;/wenn du dir die Hacken abläufst,/um ein paar Pfennige/für ein Essen zusammenzukratzen,/dann wird dir die Gleichgültigkeit der Welt,/die taub ist und stumm,/soeben bewußt.*«

»*Veras que todo es mentira,/veras que nada es amor (...)*« »*Dir wird klar, daß alles Lüge ist, dir wird klar, daß nichts Liebe ist (...).*« (Übersetzung von Dieter Reichardt)

Die vielfältige und sich stetig, bis zum heutigen Zeitpunkt, seit Astor Piazzolla auch zunehmend global weiterentwickelnde Kultur des »Tango' vom Rio de la plata« entstand in den 1870er Jahren zu beiden Seiten seines Fluß-Deltas, in Montevideo und Buenos Aires.

Kaum eine andere mir bekannte Kulturform hat sich bisher, wie diese, in einem solchen Maße darin bewährt, kollektive und persönliche Dramen (auch therapeutisch) zu verarbeiten und dadurch ein gewisses Maß an Lebensfreude und gemeinsamem Feiern, selbst in schlimmsten Zeiten, aufrecht zu erhalten: vielleicht daneben lediglich der Blues oder die Flamenco-Kultur. Auch diese großen Kulturen verstehen es, Schmerz zu verarbeiten und dabei Depression in Melancholie, und diese wiederum in Lebensfreude zu verwandeln.

Nur im Gegensatz zu diesen Traditionen ist der Tango, bestehend aus Musik, Tanz, Text-Lyrik, Literatur und einer ganz speziellen Philosophie, hinsichtlich der Verarbeitung von Beziehungsthemen, die sich auch auf alle anderen Lebensbereiche erstreckt, schon entstehungsgeschichtlich ein unüberbietbar reiches Amalgam sämtlicher Welt-Kulturen, das sich bis heute im globalen Miteinander ständig aktualisiert. Denn die Elendsviertel am Rio de la plata waren damals, im wahrsten Sinne des Wortes, die dunklen Hinterhöfe der ganzen Welt, wie sie die Emigranten aller dort immer wieder neu anstrandenden Flüchtlingswelten, jeweils in ihrer Gesamtheit, gerade verkörperten.

Heute hat der Tango den Rückweg, ausgehend von seiner Entstehung aus der Fusion sämtlicher Welt-Kulturen, längst gefunden – in die Kulturen der Welt, oder besser gesagt, was die Dampfwalze des Global-Kapitalismus von ihnen noch übrig gelassen hat. Und längst hat er auch die Seiten gewechselt und geistert, janusköpfig, wie er eben so ist, halb als Droge, halb als Therapeutikum, vor allem durch Mittel- und Oberschichten der sogenannten Modernen Gesellschaften. Denn, wie mein Lehrer Juan Diedrich Lange aus Montevideo schon immer zu sagen pflegte: »Tango, das ist Entwicklungshilfe für die Europäer, aus Lateinamerika.«

Wer sich eingehender mit dieser Materie befassen möchte, kann darüber in den vier von mir verfaßten Tangobüchern nachlesen.

Was den echten Tango so besonders macht

Tango als Tanz ist weder standardisierbar noch vorhersehbar. Keine zwei Tangos sind gleich, da er, wesensgemäß, immer einen lebendigen Dialog darstellt, auf der Grundlage einer hochdifferenzierten nonverbalen Sprache mit eigener Grammatik, reichem Vokabular und großer Silbenvielfalt. Natürlich ist hier nicht vom Standard-Tango die Rede, der mit dem Original nicht mehr als den Namen gemeinsam hat.

Die Form, in der dieses nonverbale »Gespräch« eingebettet wird, ist ein fein synchronisiertes »Miteinander-Gehen« bei inniger Umarmung, in einem fließenden, stabilen und gut geerdeten Bewegungs-Gleichgewicht beider Tanzenden.

Tango bedeutet daher nicht Verschmelzung, sondern Vereinigung zweier zentrierter Wesen mit jeweils eigener Achse, die in größtmöglicher Achtsamkeit und Freiheit größtmögliche Nähe teilen, auf der Basis komplementärer Rollen von »Führen« und »Folgen«.

Dabei ist zu beachten, daß eine jede dieser Rollen ihren Gegenpart auf einer tieferen Ebene wiederum in sich selbst trägt. Nur wer sich hingibt, kann Führen; und nur wer die Impulse aktiv empfängt und umsetzt, ist im Tango auch fähig zu folgen.

Dabei kennt der Tango keinerlei vorgefaßte Schablonen und ist so wenig planbar wie ein echtes Gespräch.

Private Tango-Salons und -Ateliers im Rahmen des »Nymphenspiegels«

Tangosalons und private -Unterrichts-Ateliers in persönlich intimem Rahmen durchzuführen, ist eine noch taufrische Idee, nicht nur in München. Interessant dürfte so etwas für viele sein, die aus beruflichen oder sonstigen Gründen keine regelmäßigen Kurstermine wahrnehmen können, aber auch, weil sich beim tangotanzenden Publikum offenbar erste Ermüdungs-Tendenzen zeigen, wieder und wieder auf die gleichen Veranstaltungen zu gehen, in die immer selben Studios. Daher nehmen die ersten Tangueros und Tango-Interessierten bereits das Angebot wahr, sich als private Gruppe selbst zu organisieren und mich als Tangolehrer (oder Tanz-Veranstalter, mit oder ohne Live-Musik) nach individuellen Bedarf, zu sich nach Hause einzuladen. Denn irgend jemand im Freundeskreis hat eben fast immer ein geräumiges Haus oder zumindest ein großes Wohnzimmer mit Parkett, wo man sich im privaten Rahmen zum Tanzen, Lernen, lateinamerikanisch Kochen, et cetera, treffen kann. Die Idee integriert sich wundervoll in den Veranstaltungsfächer des »Nymphenpiegels« und erlaubt mir, ausnahmsweise darin auch einmal ein wenig Geld zu meinem Lebensunterhalt zu verdienen, was von den anderen Bereichen des Kultur-Forums, in ihrer Gesamtheit, bisher noch nicht gerade behauptet werden kann. Im Gegenteil: Dort fließt sogar noch eine Menge Geld jährlich hinein, vor allem in den bisher hoch defizitären Buchbereich. Und Tangolehrer, beziehungsweise -Bühnentänzer, ist, abgesehen davon, daß ich eigentlich Landschaftsgärtner bin, außerdem mein unbürgerlich »bürgerlicher« Beruf.

Vor allem erweist es sich als naheliegend, so individuell der Tango als Tanz ist, bei Tango-Tanzveranstaltungen wie bei -Unterricht, maßgeschneiderte Zugänge anzubieten. Das bereichert nicht nur das Leben der Lernenden, Gäste und Tänzer(innen), sondern ebenso das des Anbieters. Genau das war für mich auch einer der Gründe, mich für dieses Konzept zu entscheiden, da ich nach jahrelangem Kurs-Unterricht Lust bekommen hatte, zusätzlich zu meinen Privatstunden einmal etwas ganz anderes Kreatives auszuprobieren.

Mittlerweile ist der Tango auch auf den »Nymphenspiegel«-Künstlerfesten ein fester Bestandteil, zusammen mit Salsa, Balkan und anderer Welt-Musik. Tanzbar muß es vor allem sein – und auf den Festen immer mit Live-Musik.

Das Tango-Netzwerk

Es zeichnet sich bereis eine Möglichkeit für Tangobegeisterte ab, sich über ein derzeit im Entstehen begriffenes Netzwerk privater Tango-Salons schon bald gegenseitig einzuladen und zu besuchen. Auch darüber läßt sich zunehmend über den »Nymphenspiegel«-Newsletter erfahren, sobald sich einige dieser Gruppen gefestigt haben werden.

Ein befreundeter Tango-Musiker, der aus Medellin stammende Jaime Liemann, der auf einem meiner Feste im Schloß Nymphenburg bereits mit seinem Quintett »Youkali« aufgetreten ist, gab mir einen von ihm verfaßten Text für den »Nymphenspiegel«, mit folgenden Worten: »Nun, ich schicke dir ein Lied von mir, das auch als Filmmusik genommen wurde für einen Film über Gloria Cuartas, die 1996 von der UNESCO die Auszeichnung ›Bürgermeisterin für den Frieden‹ erhalten hatte, für ihre Arbeit als Bürgermeisterin in einer der gewalttätigsten Regionen in Colombia. Vielleicht gefällt es dir, die Geschichte dieses Liedes hat damit zu tun, daß ich mich immer sehr geärgert habe, wenn ich jemandem erzählte, woher ich komme und ich nur von Kokain und Terror hörte und die Menschen einfach nicht wußten, wie schön auch unser Land ist.«

Ralf Sartori

Mein Medellin

Wenn ich in der Fremde mit Stolz erzähle,
daß ich Dein Sohn bin, in Deinem Land geboren bin,
macht es mich müde und traurig, die dummen Witze
anzuhören über das Pulver, aus dem die Träume sind.
Man redet mit mir nur über die Gewalt,
die Schatten in den Ecken, die Bomben und die Messer,
als ob Du eine schlechte Mutter wärst, ohne Liebe und ohne
Zukunft.

Sie kennen Dich nicht, mein Medellin,
deshalb reden sie nicht über Deine guten
Menschen und deren Liebenswürdigkeit.
Weine nicht, mein Medellin, sie werden Dir niemals
Deine Würde nehmen können.
Sie kennen Dich nicht, mein Medellin, deshalb
reden sie nicht über Deine guten Menschen
und deren Wesensart. Dieses Schlechte gibt es überall,
nur das Gute will keiner sehen.

Deine bunten Märkte voller Farben in San Lorenzo de Aburra,
und den blühenden Guyacanbaum, der uns schon von weitem
ankündigt, daß Du die Königin der Blumen bist
und die Blumenbauern, die im August kommen, um Dich zu ehren
und Zeugnis abzulegen von ihrem Respekt,
voller Stolz, Dich zu lieben.

Diese, die kennen Dich, mein Medellin,
die reden über Deine schönen Dinge,
Deine Dichter und Musiker, die uns das Herz erblühen lassen,
Deine mit Skulpturen und Wandbildern geschmückten
Gebäude, Deine Parks, das Pueblito Paisa,
Deine Kathedralen geben Dir Schönheit und Deinen Menschen
Freude mit gutem Grund und Deinen Töchtern
jenes Lächeln, das uns das Herz verlieren läßt.

Mi Medellin

Cuando en el extranjero cuento con orgullo, que soy tu hijo,
naci en tu tierra,
Me pongo triste, y me canso de los chistes tontos que hacen
De ese polvo de la quimera.

Y me hablan solo de la violencia, sombras en las esquinas,
Bombas y cuchillos,
Como si fueras una madre mala
Sin amor y sin destino.

¡No te conocen mi Medellin!
No hablan de tu buena guente
Su amabilidad.
¡No llores mi, mi Medellin!
Jamas te quiraran tu dignidad.
¡No te conocen mi Medellin!
No hablan de tu buena guente,
Su modo de ser.
Lo malo hay en todas partes
Y lo bueno nadie quiere ver.

Como tus mercados en San Lorenzo de Aburra,
Lleno de colores,
Y el guayacan que ya de lejos nos anuncia que eres
La reina de las flores.
Y los silleteros cuando vienen en agosto
Para honrarte,
Con el testimonio de respeto, el orgullo
De amarte.

¡Ellos si te conocen mi Medellin!
Ellos hablan de esas lindas cosas,
Guente hermoza,
Como tus poetas y tus musicos
Nos hacen florecer el corazon.

Tus edificios con esculturas, pinturas y murales
Tanbien tus parques, el pueblito paisa, tus catedrales
Te dan belleza y a tu guente alegria con razon
Y a tus hijas esa sonrisa que nos hace perder el corazon.

Jaime Liemann

Nun folgt wieder ein kleiner Perspektiven-Wechsel, nämlich zum Blickwinkel eines (vielleicht zwar mehr oder weniger typischen, aber doch zumindest sehr ehrlichen) Tanguero. Und was hier sehr interessant, daß er mit seinem ersten Text den Tango in den Garten bringt, womit er thematisch im Zentrum des »Nymphenspiegels« ankommt. *(Anm. des Hrsg.)*

Sibirischer Tango

Seit fast schon zehn Jahren gibt es den Tango im Dianatempel mitten im idyllischen Hofgarten. Dort trifft sich jeden Freitag die Gilde der Tango-Besessenen und tanzt von Einbruch der Dunkelheit bis zum ersten Dämmerschein. Seitdem der Eisläufer Alfred die Sache managt, gibt es jeden Freitag Tango im Freien, sommers wie winters, ob der Vollmond scheint oder der Schneewind heult.

Martina ruft an, sie möchte gern in den Hofgarten. Ob da heut was los ist? Natürlich, sagt sie, der Alfred ist doch eiskalt. Wie recht sie haben wird! Schon wie ich losradle und der eisige Wind um meine Ohren pfeift, weiß ich: Dies wird ein unvergeßlicher Tango-Abend. Unvergeßlich kalt.

Martina steht schon da, dick vermummt. Drei Paare tanzen, Alfred mit einer jungen, Oskar und Johanna, noch ein Paar. Wir ziehen uns die Tanzschuhe an, doch die Mäntel bleiben am Körper. Und los geht's. Der Wind heult um die Ecken, aber uns wird schon warm werden. Wenn zwei Körper einander beim Tango näherkommen ... sie kommen sich aber nicht näher. Die Mäntel sind so dick. Egal, wir tanzen. Dauernd gehen ist aber auch langweilig, das kann der Gustavo Naveira *(bekannter Tango-Maestro / Anm. Hrsg.)*, ich kann auch Figuren. So führe ich Martina in ein Sandwich *(eine »Parada« nach unten / Anm. Hrsg.)* und höre wieder auf: Das Herumstehen in einer zugigen Ecke halt ich nicht aus. Außerdem sind alle Ecken zugig, schlimmer noch: Im Diana-Tempel gibt es gar keine Ecken. Ich mache eine andere Figur, unsere Körper trennen sich, der Wind pfeift dazwischen, ich höre wieder auf damit.

Merkst du nicht, wie meine Schultern weicher geworden sind? Nein, ich merke nur, wie weich dein Mantel ist. Ich spür gar nichts von dir. Wir tanzen selbstvergessen. Wo sind eigentlich meine Handschuhe? Und warum habe ich keine Pelzmütze mit wie die anderen? Wo ist überhaupt Martina? Irgendeine kalte Hand halte ich in meiner Linken, also muß sie noch in der Nähe sein. Was ist denn da für ein Nebel? Das ist dein Atem. Ich müßte mal fort, aber Martina läßt mich nicht. Sie spielen so schöne Walzer, warte auf den ersten

Tango. Nach zehn Walzern kommt ein Tango. Kann ich jetzt – ? Aber der Tango ist so schön!

Die Temperatur sinkt kontinuierlich, die Windstärke steigt. Alfred spielt russische Tangos, wie passend, danach kommen solche aus Finnland, wie sensibel. Der Meister der Musik kommt vorbei und fragt, ob er gleich aufhören soll oder erst nach einer Stunde. Gleich, sage ich. In einer Stunde, sagt Martina. Alfred hört, wie üblich, auf die Frauen. Er verschwindet einfach – vermutlich ins Café Anast, um sich dort an einem Cappuccino zu wärmen. Ich denke voll Neid an Alfred, der jetzt im Café sitzt, eine laue Schokolade schlürfend und seine Mittänzerin mit amüsanten Anekdoten aus der Kindheit unterhaltend.

Endlich kommt Oskar und möchte mit Martina tanzen. Ich flüchte hinter die Büsche. Als ich wieder komme, ruft Alfred gegen das Wüten des Windes: Der letzte Tango. Doch er findet den AUS-Knopf nicht, und so geht's weiter. Schließlich packt er den Rekorder auf sein Fahrrad, ruft: Mir nach! und radelt davon. Wir folgen ihm wie in Trance. Nach 100 Metern kehre ich um, ich hab ja noch mein Fahrrad stehen. Wie heißt dieses alte Märchen gleich? Ach ja, der Tangotänzer von Hameln …

Ein Mensch

Ein Mensch, dem Tango ganz verfallen,
findet an sonst nichts mehr Gefallen.
Vom Tango-Virus ganz besessen,
hat er die Wirklichkeit vergessen.
Familie, Arbeit und die Welt,
der Kanzler, Steuern und das Geld –
sie alle existieren als Traum.
Das einzig Wahre ist der Raum,
in dem man nachts die Beine schwingt,
da, wo die Körper sich verschlingen
und um die Vorherrschaften ringen,
da, wo die Seelen sich berühren,
(und wo die Männer meistens führen,
wenn auch gelegentlich die Damen,
doch stets nur im korrekten Rahmen).

Der Mensch, der sich als Macho fühlt,
hat sich entsprechend eingehüllt,
trägt nur noch Handschuhe und Hut
und eine Fliege, rot wie Blut.
Die Schuhe glänzen wie die Haare,
und auf der »Piste« gibt's nur Paare.
Die Luft ist schwül, der Boden glatt,
und wer noch keinen Partner hat,
der macht sich hurtig auf die Suche
(und endet oft mit einem Fluche,
denn seines Wunsches Tanzobjekt
hat längst ein anderer entdeckt).

Der Mensch bemüht sich unverdrossen
um weiblich-schöne Tanzgenossen.
Er tanzt mit Jungen und mit Alten,
mit Schönen und mit Mißgestalten,
mit den Verspielten und den Lahmen,
mit lockren Gören und mit Damen,
mit weichen Frauen und mit harten
(die auf den Märchenprinzen warten).

Am Ende einer langen Nacht
fühlt er sich richtig voll geschafft
und geht zufrieden dann nach Haus –
für ihn sind nun die Träume aus.
Nur in der Früh am nächsten Tag,
da stellt sich ihm die bange Frag:
Ist nun die Wirklichkeit ein Traum
oder der Tango bloßer Schaum?
Lang hat er drüber nachgedacht –
die Antwort fand er – nächste Nacht!

Peter Ripota

Kultur als Sozialarbeit

Unsere sogenannte Wirklichkeit – steckt sie nicht, wo man auch hinsieht, voller verborgener Nischen- und ungeahnter Parallel-Welten? Offenbar, kommen wir aber nun wieder kurz zurück zu einer ganz anderen, einer kollektiven Wirklichkeits-Erfahrung, einer, die soeben im Begriff ist, tsunamiartig auf uns zuzueilen, die wir noch in einer anderen Illusion verharren, nicht der des Tango', sondern jener des weiteren Bestehens unserer Verhältnisse. Eine Erschütterung, die auch zunehmend Einfluß nehmen wird auf die weitere Konzeption des »Nymphenspiegels«.

Der Euphemismus der sogenannten Finanzmarkt- und Bankenkrise geht derzeit noch um. Wird damit nicht versucht, einen der größten, wenn nicht überhaupt den größten Raubzug der Menschheitsgeschichte nebulös zu reden? Der alte Satz, »wer eine Bank im großen Stil berauben – und damit durchkommen will, braucht nur Bankier zu werden« rückt sich uns, in aktueller Variante, wieder ins Bewußtsein, die da lautet: »... der muß Investment-Banker werden und mit Derivaten handeln, die keinen realen Wert haben, in Allianz mit völlig inkompetenten Politikern (siehe Bayr. Landesbank, Sächs. Landesbank etc.), in sog. Aufsichts-Gremien.« Ersteres nennt man im Volksmund Betrug.

Daneben zeigt das ganze Ausmaß des Schadens für die Gemeinwesen der Erde aber auch die Machtlosigkeit überkommener nationalstaatlicher Herrschafts- und Kontroll-Formen im wildwuchernden Übergang zu globalen Wirtschafts- und Kapitalfluß-Strukturen.

Immerhin leisten wir uns doch schon ein internationales Tribunal, um Kriegsvebrecher abzuurteilen (wobei natürlich manch eine der Nationen, die vielleicht die meisten Leichen im Keller haben, wiederum Immunität genießt). Ist da denn nicht auch die Ausplünderung ganzer Gesellschaften eine massenhafte Anwendung von Gewalt, die in Folge tötet, krank macht, stiehlt, menschlich deformiert, von allgemeiner Bildung, Gesundheits-Vorsorge und kultureller Teilhabe (wie das derzeit schon beim geltenden Sozialhilfersatz der Fall ist) fernhält. Das ist Gewalt, indirekter Mord und Mißhandlung.

Arme Schlucker, die stehlen, verurteilt man. Die Milliardendiebe und -Veruntreuer, samt der verantwortungslosen Politiker-Riege, die dabei tatenlos zugesehen hatte, werden hingegen in keiner Weise zur Verantwortung gezogen. Drängt sich da einem denkenden Menschen nicht von ganz allein die Frage auf, ob unsere Gerichte, so lange sich daran nichts ändert, nicht jede moralische Legitimation verlieren, Raub und Diebstahl überhaupt noch abzuurteilen?

Wir wundern uns andererseits, daß die meisten Menschen keine Hemmung verspüren, an der Steuer vorbeizuwirtschaften? Ich finde das eher natürlich, solange dem Gemeinwesen ein so hohes Maß an Ungerechtigkeit und ungesühnter Verschwendung innewohnt.

Ein Aspekt der »Nymphenspiegel«-Kulturveranstaltungen ist nun in der Tat jener der kulturellen Sozialarbeit. Einkommen sowie Klassen- und Schichten-Zugehörigkeit sind in dessen «Offenen Künstler- und Literatur-Salons« vollkommen bedeutungslos. Und die Teilnahme daran ist immer kostenlos.

So können Menschen ihre schöpferische Kraft und ihren Eigenwert darin im Dialog mit offenen und freien Gemeinschaften, in einer authentischen und wahrhaftigeren Weise, immer wieder neu erfahren und vertiefen, unabhängig von Einkommen und gesellschaftlichem Status.

Kulturpartnerschaften, Veranstaltungsorte und Treffpunkte, Salons und Künstlerfeste

Nymphenburger Künstlerkneipe mit Tradition

Einige Musik-Gruppen, zumeist Balkan- oder Welt-Musik, kündigen sich vorher an, andere, oder auch einzelne Musiker, wie Walter Loibl, kommen einfach kurz entschlossen vorbei, um hier miteinander zu spielen. Solange es warm ist, versammeln sich die Leute draußen vor der Tür. Die halbe Straße hört dann zu, ein Fenster nach dem anderen geht auf, andere lauschen von nahegelegenen Lokalen, manche, die gerade vorbeikommen, halten einfach inne und bleiben stehen. Bei einer dieser Gelegenheiten lernte auch ich das »Wein Feldmann« kennen.

Fassade, Schriftzug und Auslage sind noch dieselben wie um 1950. Der Laden irritiert und verblüfft, erinnert irgendwie an eine Mischung zwischen jenem aus dem Film »Chocolat« und einer düsteren Stehkneipe, eine von denen, in welchen Leute wie ich, bei oberflächlichem Hinsehen, normalerweise nicht unbedingt hineingehen würden. Fatal, was einem doch alles entgehen kann, wenn man mit den üblichen Wahrnehmungs-Filtern durch die Welt rennt!

Nach 22 Uhr gehen dann an solchen Trottoir-Konzertabenden alle nach drinnen, die sich trauen, zumindest jene, denen gedrängte Nähe mit noch unbekannten Menschen, ohne jeden *Sicherheitsabstand*, nichts ausmacht.

»Die Leute mögen uns hier in der Straße«, erzählt Frau Molinari, die von den meisten Gästen *Nena* genannt wird und ursprünglich aus Bosnien stammt, weiter: »Doch nicht alle trauen sich auch herein, denn man redet hier miteinander.« Und irgendwie erinnert die Stimmung drinnen tatsächlich an ein meist überfülltes Wohnzimmer. Wenn man es bis dorthin geschafft hat, stellt man fest, daß sich im »Feldmann« nicht nur die Außenansicht seit den Fünfzigern nicht mehr verändert hat, sondern auch das Innere. Wer auf keinem der Barhocker mehr Platz findet, bleibt eben einfach stehen. Etwas verraucht ist es dort ebenfalls gelegentlich, und das paßt! Gesunde Luft atmen kann man ja schließlich ansonsten wieder überall den ganzen Tag, aber etwas Ähnliches fürs Gemüt und inspirierend Poetisches, wenn man die Musiker, die dort spielen, schon beinahe auf dem Schoß sitzen hat, sucht in München wohl vergeblich seinesgleichen. Denn das »Wein Feldmann« ist das letzte alte Ladengeschäft mit Ausschank, das noch Treffpunkt ist für Künstler und Bohème sowie Menschen aller Schichten und Berufe, die noch eine solche Art offener Salon lieben.

»Wir haben hier Leute, mit denen Du auf einem sehr hohen Niveau intelligente Gespräche führen kannst und genauso schön aber auch lachen und mit einer kräftigen Portion schwarzen Humor absurdes Zeugs reden kannst. Da kannst Du Deine Freude mit den anderen teilen und wirst auch in den Abgründen des Lebens nicht alleingelassen. Dabei sind hier alle Berufe und Schichten vertreten; zu uns kommen die Kriminaler vom (...)-Kommisariat (hier wurde um besondere Diskretion gebeten), Künstler, Alt-68er, Freaks, aber auch Leute in sehr hohen Positionen (...) und jede Menge ›bunte Hunde‹, richtige Originale, welche die besondere Würze der Gäste-Mischung ausmachen.«

Diese Weinhandlung wurde 1929 von der Familie »Feldmann« gegründet, die aus der Pfalz kam, zuerst in der Schwanthalerstraße/Ecke Sonnenstraße. In dieser damals in jeder Fahrtrichtung noch einspurigen Straße lief das Geschäft allerdings nicht besonders gut, da es, wie mir Bruno Feldmann erzählte, der in Mannheim geboren ist, dort noch langgezogene Vorgärten gab, die den Laden zu sehr verdeckten. Deswegen zog die Familie 1932 mit dem Geschäft in die Elvirastraße um, das Bruno Feldmann nach dem 2. Weltkrieg von seiner Mutter Sofie übernahm. Erschwerend kamen zuvor Weltwirtschaftskrise und die Tatsache hinzu, daß die Münchner ja nicht gerade die großen Weintrinker waren. Den Wein verkaufte man damals ausschließlich aus großen Holzfässern, die den Laden auf beiden Seiten säumten. Wer Wein kaufen wollte, brachte selbst Flaschen mit und ließ ihn sich abfüllen. Natürlich wurde vor Geschäftsabschluß immer mehr oder weniger ausgiebig probiert; so entwickelte sich von selbst nach und nach das Geschäft zu einem Laden mit Ausschank. Erst nach der Währungsreform hatte man es in der Elvirastraße neu eröffnet und dort auch den Wein wieder aus Fässern zu verkaufen begonnen. Und man zeigte sich flexibel, tauschte ihn auch gegen Lebensmittelmarken. Bruno Feldmann war nun kriegsversehrt, und die Eltern halfen in der Anfangszeit im Laden wieder mit. Vor dem Krieg durfte man in größerem Umkreis eines bestehenden Lokals keinen solchen Ausschank offiziell betreiben. Als die Amis die Gewerbefreiheit einführten, war es erst möglich geworden. Doch gab es immer noch Probleme mit der geringen Größe und den Toiletten, denn die noch junge BRD geizte ebenfalls nicht mit bürokratischen Hemmnissen: So durfte man, zumindest offiziell, keine Sitzplätze anbieten. Daher nahmen die Gäste einige Zeit noch auf alten Kohlenkisten Platz. Einmal, als sich kurzfristig ein Inspektor zur Kontrolle angesagt hatte, riß man in einer nächtlichen Aktion kurzentschlossen eine Wand nieder, um so den Gästeraum wenigstens etwas zu vergrößern. 1952 heiratete Bruno Feldmann seine Frau Elfriede, die ebenfalls im Laden zeitweise mitarbeitete. Ein 80-Stunden-Arbeitswoche war für ihn da keine Seltenheit. Das Paar wohnte aber direkt darüber im dritten Stock des Hauses.

Nach dem Krieg wurde auch auf Flaschenweine umgestellt und die Fässer verschwanden aus dem Laden. Die Ausschank-Genehmigung kam Ende der 50er Jahre, aber nur bis 21 Uhr. Ab und zu kontrollierten Polizisten, die dann meist ein Flasche Likör bekamen und ebenfalls im Lokal sitzenblieben.

Richtig bekannt sei es aber erst durch die Schwabinger Studenten in den 60ern geworden, die später oft in einflußreiche Positionen kamen und nicht

Die Balkan-Gruppe »Gari gari« vor dem »Wein Feldmann«

selten ihm danach weiterhin die Treue hielten. »Nicht nur Junge und Alte haben sich dort schon immer gut verstanden und toleriert«, wie Herr Feldmann immer wieder betont. »Es gab auch Schwule und Lesben unter den Gästen, die vom Handwerk bis zum Nymphenburger Adel, aus allen Schichten kamen. Früher waren manchmal bis zu hundert Leute auf der Straße, die nicht selten ihre Weingläser dann auf parkenden Autos abstellten, was heute aber nicht mehr vorkommt. Dann in den 70ern wurde es üblich, daß man sich vom nahegelegenen Bäcker und Metzger die Brotzeit selbst mitnahm. Oft brachte jemand auch eine Spezialität von einer Reise mit, was dann unter den Gästen verteilt wurde. In den 70ern wurde es ein richtiges ›In-Lokal‹. Die Weine haben wir sehr billig dort abgegeben, denn unser Hauptgeschäft war es immer schon, Bestellungen auszuliefern. Schon vor dieser Zeit zählten der Mann Vera Brühnes oder der Staatsschauspieler Hans Kossy zu unseren Kunden, der oft mit seiner damaligen Freundin Evelyn Reuer ins Lokal kam.« All diese Zeit war das »Wein Feldmann« jedoch noch keine Kultur-Kneipe. Das änderte sich erst, nachdem Nena Molinari das Lokal übernommen hatte, die mit dem mittlerweile verstorbenen Musiker und Dudelsack-Spieler Heinz Peter Molinari verheiratet war, welcher der Familie Bauer entstammt, mit der Musikalienhandlung am Rathaus, wo heute »Hieber« ist. Durch sie und ihren Mann ist der Ort zu einem ganz besonderen Treffpunkt geworden. Dazu ist es der letzte Laden-Ausschank dieser Art, der auch noch Kulturkneipe ist.

Zu der Kulturpartnerschaft mit dem »Wein Feldmann« und den betreffenden Veranstaltungsreihen

Der »Nymphenspiegel« unterhält nun mit dem »Wein Feldmann« eine kulturelle Partnerschaft, indem er dazu beiträgt, das dortige Angebot auszubauen und ganze Themen-Reihen zu etablieren. Im Gegenzug dazu erhält das »Nymphenspiegel Kultur Forum« an den betreffenden Abenden dort einen würdigen Treffpunkt für dessen Autor(inn)en, Künstler und sein Umfeld. Neben den in diesem Lokal schon seit längerem stattfindenden Balkan-Abenden, zumeist mit der Gruppe »Gari Gari« und einigen unregelmäßigen Sessions, hat der »Nymphenspiegel« nun dort begonnen, drei neue Reihen zu etablieren, als da sind:

Monatlich stattfindende Lesungen, unter anderem auch mit wechselnden »Nymphenspiegel«-Autor(inn)en.

Der »Blue Note-Club«, mit dem das »Nymphenspiegel Kultur Forum« regelmäßig zu Jazz-Abenden, in Zusammenarbeit mit dem »Jazz Club München e.V.«, abwechselnd ins »Wein Feldmann« sowie ins Dachauer Schloß einlädt. Das entspricht sowohl der Idee, eine Kultur-Tangente zwischen Nymphenburg und Dachau aufzubauen, mit beiderseitig fruchtbarem Austausch, sowie jener der Vereinigung maximaler Gegensätze: auf der einen Seite der elegante weiträumige Schloßsaal, auf der anderen, eine manchmal etwas verrauchte Spelunke, unsere »Piraten-Künstler-Kneipe«. So deckt das Angebot mit spielerischer Hand auch die unterschiedlichsten konträren Facetten im Innenleben vieler öfter wiederkehrender Gäste ab.

Die erste »Nymphenspiegel«-Jazz-Nacht fand im April 2009 in Nymphenburg statt, wie immer dort, bei freiem Eintritt, aber mit freiwilligem Beitrag für die Musiker. Zur Eröffnung spielte das »Michael Santifaller Trio«, welches das Erbe Django Reinhardts pflegt. Kurz darauf hatten wir das »Blue Monday Jazz Trio« (Bebop and Beyond), zusammen mit der genialen Sängerin KaSheena Morreau, bei uns zu Gast, deren Stimme unter vielem anderen mühelos Billy Holiday wieder zum Leben erweckt. Und Mitte Mai war es das »Dieter Winter Trio« (Sax, Gitarre, Baß) mit »Modern Swing & Klezmer«.

Als dritte Themenlinie, läßt man die Balkan-Musik einmal unberücksichtigt, sind da noch die Abende mit Chansons und poetischen Balladen zu nennen, eine »Nymphenspiegel«-Reihe, die Mitte April 2009 mit dem Textdichter, Komponisten und Liedermacher Hermann Bogenrieder aus Markt Schwaben eröffnet wurde und der dort seitdem auch regelmäßig auftritt. Das »Wein Feldmann« befindet sich in der Elvirastr. 11.

Zu der Kulturpartnerschaft mit dem »Café Restaurant Schloß Dachau« und den betreffenden Veranstaltungsreihen

Anläßlich des Erscheinens von Band IV des »Nymphenspiegels«, mit seiner Erstausgabe des »Apollo-Forums«, lud dieser am 10. Oktober 2008, von 19 Uhr an, mit offenem Ende, zu seinem ersten großen Künstlerfest ins Dachauer Schloß-Restaurant, mit Tanz und gutem Essen. Es spielte hierbei das Balkan-Orchester »Gari gari«.

Zwischen den einzelnen Auftritts-Sets lege ich bei solchen Künstlerfesten meist eine Mischung aus argentinischem Tango und Salsa, oder andere Weltmusik, auf, jedenfalls nichts Biederes, Temperiertes oder lauwarm Angepaßtes. Bei den Festen auf dem Dachauer Schloßberg, mit offenem Ende, zu denen meist auch eine kurze Lyrik-Lesung der besten Beiträge von Gästen zu einem jeweils vorgegebenen Thema, die zuvor eingereicht wurden, gehört, spielt jedesmal ein anderes Orchester. Aber all diese Bälle, die davon jedoch abgesehen nach derselben Programm-Aufteilung ablaufen, haben etwas von einem *Tanz auf dem Vulkan*.

Das zweite große »Nymphenspiegel«-Künstlerfest im Schloß war ein »Poetischer Kostüm- und Maskenball«, erschwerenderweise gerade an Fasching, nämlich am 21. Februar 2009. Denn die Idee dabei war, etwas richtig Schönes zu veranstalten, aber auch für Faschingsmuffel, als Alternative zu den oft drögen *Normalo-Veranstaltungen*, mit dieser üblich debilen *Heute-sind-wir-aber-wieder-einmal-alle-lustig-Musik*, der man ansonsten an solchen Tagen nirgendwo entgeht. Anstatt gequälter Fröhlichkeit sollte es bei uns einfach nur viel echte Ausgelassenheit und Lebensfreude auf der Tanzfläche geben. Gedacht war das Ganze auch als Einladung zur poetischen Inszenierung einer unserer Inneren Figuren. Und ebenso sollten Melancholie und leisere Töne dort ihren Platz finden. Das Motto der Nacht war ein paradoxes und lautete: »Im Leben verstecken wir uns oft genug hinter Masken, heute zeigen wir mit Masken und Kostüm Gesicht.« Und es funktionierte tatsächlich: Fast alle kamen unglaublich phantasievoll verkleidet und kreierten dadurch eine wirklich magische Atmosphäre. Für alles weitere, den Sog und den Strudel aufs Parkett, sorgte mühelos, schnell und unwiderstehlich das »Quintett Pitu Pati« (mit Balkan-Musik, Tango und Vals Musette).

An diesem Abend reifte die Idee zu weiteren Jahreszeiten Kostüm- und Maskenbälle im »Nymphenspiegel«.

Der dritte große Künstlerball im Schloß war das »Nymphenspiegel«-Frühlingsfest mit dem Sextett Bazár dilo (romanés: verrückter Basar), die die wildeste Balkan-Musik überhaupt spielten, die wir je im Schloß hatten. Nach

Die Balkan-Gruppe »Bazár dilo« auf dem dritten »Nymphenspiegel«-Fest im Dachauer Schloß-Restaurant

kurzer Zeit war die Tanzfläche voll und kochte über. Und Gegenstand der diesmaligen Lesung war: »Erotische Lyrik in all ihren Facetten«.

Nun, zum Thema Lyrik fällt mir gerade noch ein, auf die »Vollmond-Tafel der Poesie« kurz hinzuweisen, die der »Nymphenspiegel« einmal im Monat ebenfalls im Dachauer Schloß veranstaltet, und zwar mit gelegentlichen Zügen einer Schreib-Werkstatt. Immer wenn der Mond ganz rund ist und sein Licht in die stilvollen Räume im zweiten Stock des Dachauer Schlosses ergießt, treffen sich dort einige Leute, die selbst Texte in Lyrik oder Prosa schreiben, zu einer offenen Runde, um einander ihre Arbeiten vorzulesen und dazu sowohl ein Dialogangebot in der Gruppe zu finden, als auch selbst ihre Dialogbereitschaft in diese einzubringen. Da sich dieser Kreis zum Teil auch aus wechselnden Teilnehmer(inne)n stets neu formiert, hat er sich so eine große Lebendigkeit und Offenheit bewahrt. Dieser Salon ist, so wie alle anderen Literatur-Salons des »Nymphenspiegels« auch, wieder ein kostenloses Angebot, von dem schon viele Autor(inn)en, nicht nur solche, die in verschiedenen »Nymphenspiegel«-Bänden bisher veröffentlichten, für ihr Schreiben großen Nutzen ziehen konnten. Der Themenfächer für mitgebrachte Texte ist hierbei völlig offen. Die besten Arbeiten aus allen »Nymphenspiegel«-Salons können in dessen jährlichen Literatur-Bänden erscheinen, wobei die Autor(inn)en dafür immer ein Honorar in Form von Büchern erhalten.

Zu der Kulturpartnerschaft mit dem Botanischen Garten in München
Diese Kultur-Partnerschaft geht nun 2009 bereits ins dritte Jahr. Zwei Jahre lang hatte der »Nymphenspiegel« einen Bücherbaum in diesem Garten, in dem die Kunst, neben den Wissenschaften, einen beinah ebenso hohen Stellenwert zu genießen scheint. Nachzulesen über das Konzept der Bücherbäume und die bisherige kulturelle Zusammenarbeit: in den vorangegangenen »Nymphenspiegel«-Bänden.

2009 ist das »Nymphenspiegel Kultur Forum« vom 8. bis zum 20. Juli im Grünen Saal des Botanischen Gartens mit Lesungen und der Ausstellung »In den Gärten des Eros und des Wassers« vertreten. Der Untertitel dieser Ausstellung lautet: »Die etwas anderen Impressionen vom Würm-See zum Nymphenburger Park«. Natürlich auch hier wieder mit Vernissage und Finissage, beides mit Live-Musik und Lesungen zum Thema der Ausstellung, in Lyrik und Prosa, von »Nymphenspiegel«-Autor(inn)en und solchen, die es werden wollen. Der »Grüne Saal« ist in die Schau-Gewächshäuser des Botanischen Gartens integriert und daher, als Ausstellungsort, förmlich prädestiniert für das »Nymphenspiegel Kultur Forum«. Als Ausdruck der Kontinuität dieser kulturellen Partnerschaft wird in Band VI ein ausgiebiges Interview abgedruckt sein mit dem Technischen Leiters des Botanischen Garten, Rudolf Müller, der in diesem Jahr leider in den sog. Ruhestand geht, ein befremdlicher Ausdruck, der sich für kaum jemanden schlechter eignen könnte als für diesen inspirierten Gärtner und kreativen Künstlergeist.

Maler-Atelier-Feste, eine alte Münchner Tradition neu belebt

Besagte Reihe wird nun nach und nach durch viele der schönsten und interessantesten Maler-Ateliers Münchens führen und orientiert sich dabei an einer alten Tradition aus der Zeit, als München noch *leuchtete*. Die Künstler-Atelierfeste, die Oskar Maria Graf beschrieb, in seinem Roman »Das Leben meiner Mutter«, stehen hierfür, unter anderem, mit Pate. Und wer weiß, vielleicht läßt sich ein wenig des alten Glanzes wieder neu beleben. In jedem Fall sind all diese *Veranstaltungen* garantiert *proseccofrei* und haben mit den üblich langweiligen Vernissagen nur so viel gemeinsam, daß auch dort die betreffenden Künstler sich mit ihren Arbeiten präsentieren können. Den Auftakt dieser *Wanderfeste*, die Nymphenburg (Ursprungsort des »Nymphenspiegels«) mit Schwabing und den anderen Stadtvierteln, aber auch dem südlichen Münchner Umland sowie Dachau, mit seiner alten glanzvollen Tradition von Künstlerfesten und einer Künstlerkolonie, nach und nach weiter verbinden wird, bildete das Fest bei der aus Usbekistan stammenden Sofi Kaufmann, deren Atelier in einem Haidhausener Gewölbekeller untergebracht ist. Diese in Taschkent, an der legendären Seidenstraße geborene Malerin übersiedelte mit 17 Jahren gemeinsam mit ihrer Mutter nach Israel, wo sie in Elat lebte, nahe der ägyptischen Grenze. Sofi Kaufmann fand jedoch bereits ab dem 28. Lebensjahr in München ihre Wahlheimat. Neben Portraits stellen ihre Öl-Gemälde oft phantastisch-poetisch-erotische Landschaften dar, die durch den Reichtum der in ihnen enthaltenen Metaphern und Symbole ein vielschichtiges und orientalisch opulentes erzählerisches Potential aufweisen.

Ralf Sartori

Weitere aktive »Nymphenspiegel«-Salons
Das »Offene Poesie-Forum« am Apollotempel

Um nur jenen einen noch zu erwähnen, denn für mehrere reicht hier der Platz zu weiteren Beschreibungen nicht aus. Er findet jeden Samstag von 11 bis 12.30 Uhr, ganzjährig, bei jedem Wetter statt und ist, unter anderem, für schreibende Spaziergänger wie spazierengehende Dichter, gedacht. Man kann auch hier jederzeit unangemeldet erscheinen, in den literarischen Jahrbüchern, dem »Nymphenspiegel« blättern, und dort, im persönlichen Kontakt, auch ein wenig in dessen vielfältige Gärten hineinschnuppern. Der Apollotempel ist ein kleiner griechischer Rundtempel, erbaut von Klenze, und befindet sich auf einer Halbinsel des Badenburg-Sees, im Nymphenburger Schloßpark. Selbst im Winter treffen sich dort regelmäßig einige unentwegte Flaneure, Poet(inn)en und »Nymphenspiegel«-Liebhaber(innen), die einfach Lust auf das Unerwartbare dieses spontanen sich immer anders gestaltenden Austausches haben.

Wir lesen einander dann unsere Gedichte oder Prosa vor, hören zu, geben und erhalten Rückmeldung und Anregung, und, was oft vielleicht sogar am wichtigsten ist, haben großen Spaß dabei, lachen viel. Dieser unvorhersehbare Austausch, zu dem auch immer wieder neue Teilnehmer erscheinen, pendelt breitgefächert zwischen ernsthaften literarischen Gesprächen und dem puren Vergnügen, wobei beides einander durchdringt – und auch bedingt. An einem der vielen Samstag-Vormittage (diese Institution des »Nymphenspiegels« gibt es immerhin schon sei fünf Jahren), der spontan wohl eher zu einer Art ausgelassener Lyrik-Party geraten war, verfaßten wir in einer sehr prickelnden und frühlingshaften Gruppen-Energie die folgenden *Pachwork-Gedichte*, wie wir sie in spontaner Ermangelung eines anderen Begriffs eben nannten. Die Idee entstand, da gerade hauptsächlich neue Leute dabei waren, die keine Texte mitgebracht hatten. Und irgendwann ging uns ganz einfach der *Stoff* zum gegenseitigen Vorlesen aus. Die Idee: Wir dichten gemeinsam an etwas. Einer beginnt also, die erste Zeile eines Gruppengedichts zu schreiben, gibt anschließend den Zettel im Kreis herum weiter, oder an eine Person seiner

Wahl, diese setzt die zweite Gedichtzeile darunter, auf die erste bezugnehmend, faltet daraufhin diese erste einmal um, so daß jede weitere Person reihum, immer nur die jeweils vorangegangene Gedichtzeile lesen kann, auf die sie sich wiederum inhaltlich bezieht – und so fort, bis alle Teilnehmer an der Reihe gewesen waren. Jeder Teilnehmer schreibt also immer nur *eine* Gedichtzeile und kennt lediglich den Inhalt *einer* vorhergehenden Zeile, den der anderen nicht. Und gerade die Entstehung dieser Gedichte ließ uns einmal mehr empfinden, wie sich währenddessen, ähnlich auch vieler vorangegangener Treffen, eine solch intensive Gruppen-Energie aufgebaut hatte, daß uns offenbar der *telepathische Rückenwind*, welcher dabei entstanden war, nur so vor sich hertrieb.

Die folgenden Gedichte dürften das vielleicht erahnen lassen, denn sie stellen keineswegs eine Auswahl dar, sondern sind in einem *Wurf*, hintereinander weg, entstanden. Von den darunter genannten Autor(inn)en, den betreffenden Samstags-Gästen, stammen die entsprechenden Gedichtzeilen, und zwar in adäquater Reihenfolge. Wo genau dabei die Wechsel stattgefunden, markiert der Übergang von der einen – zur jeweils anderen Schriftart. Ach ja, und nicht, daß Sie vielleicht noch denken, wir feierten dort Drogen-Parties. Das fühlt sich zwar tatsächlich zuweilen so an, jedoch ohne den Gebrauch gewisser *Substanzen*. Das liegt unter anderem an diesem Ort der reich fließenden Ideen.

Ralf Sartori

Weißes Glitzern jagt der Wind vor sich her.
Die kleinen Schaumkrönchen verbreiten sich bis ans Ufer.
Ein Schwan krächzt in den Himmel – blau.
Und ein Wort zu Deinen Füßen
leg vor Dir hin und hoffe und sehne den Moment,
daß ich errate, was Du meinst.

Ralf Sartori, *Angelika Schamoni*, Margarethe Heinrichs,
Susanne Nazet, Maria Spang, *Friedrich Holl*

Er kreist hoch über uns am Himmel,
zirrende Wolkenstreifen flirren.
Schwubs um die Ecke, und schon bin ich mittendrin.
Heut fehlst Du nur, komm morgen, komm.
Habe Deinen Zettel gefunden, nur eine Woche später
vor der Nymphenbar, mittags um eins.

Angelika Schamoni, *Margarethe Heinrichs*, Susanne Nazet,
Maria Spang, Friedrich Holl, *Ralf Sartori*

Nichts mehr denken Hilfe es wogt schlingert
bricht aus Tiefen verriegelten Türen
der rote Feuerstrom in grüne Weinberge
brachte das grüne Laub zum Kochen.
Das brennende Holz prasselte und weißer Rauch stieg auf.
Bis ich endlich genug hatte und die Wasserpfeife weiterreichte.
Es zischte kurz und ein kleines buntes Wölkchen zog an mir vorbei.

Maria Spang, *Susanne Nazet*, Margarethe Heinrichs, *Friedrich Holl*,
Ralf Sartori, *Angelika Schamoni*

Aus den Tiefen des Wassers, mir und des Seins
flüsterte, rauschte, gluckste es
und je genauer ich hinhörte, glaubte ich, etwas zu verstehen,
bis ich merkte, daß es ja nur meine eigenen Gedanken sind.
Zwischen den Säulen strömt das Grün hindurch,
verfängt sich, schlingt, wuchert verdichtend.
Japsend schnappe ich nach Luft.

Susanne Nazet, *Friedrich Holl,* Ralf Sartori, *Angelika Schamoni,*
Margarethe Heinrichs, *Maria Spang*

Und zum Schluß noch: ein befreundeter Salon

Sinnesfreuden nur für Frauen?! Ein Skandal!

Ja, Skandale machen mir Spaß. Doch ich muß zugeben, den ersten Impuls zum KULINARISCHEN FRAUEN-SALON gaben mir die Männer. Denn was die da schon seit Jahrhunderten in ihren Clubs, schlagenden Verbindungen und Vereinen hinter verschlossenen Türen miteinander mauschelten und ausheckten, das wollte ich auch. Aber es mußte irgendwas mit Essen zu tun haben. Denn das Kochen lernte ich schon als 13jährige von meinen Nachbarinnen in Rom. Dort versammelten sich jeden Sonntag alle weiblichen Familienangehörigen in der Küche zu einem stundenlangen Ritual, bei dem nach Herzenslust gekocht, gelacht, geklatscht und verkuppelt wurde. Diese energiegeladenen Szenerien habe ich nie vergessen. Das wollte ich hier in meiner Schwabinger Wohnung wieder aufleben lassen. Um wohlwollende Verbindungen zu Frauen aufnehmen zu können, anstatt mit ihnen in Konkurrenz zu treten, mußten wir also auch unter uns sein. Wie in den klassischen Salons wollte ich Menschen aus allen Himmelsrichtungen und Berufssparten zusammenbringen, dabei ein Netzwerk aufbauen, in dem es für jedes Anliegen irgendwo eine Antwort, einen Rat, einen Ansprechpartner oder ein Angebot gibt, und das alles beim gemeinsamen Kochen und Schlemmen. Der KULINARISCHE FRAUEN-SALON war geboren.

Alle 14 Tage mittwochs um 19:00 Uhr scharen sich nun um die acht Frauen allen Alters zu einem geheimen Ritual um mich. Und ich bin voll in meinem Element: Bin Salondame, Chefkoch, Regisseur, Conferencier, Mediator, Inspiration und Information. Und immer, wenn ich die Wohnungstür hinter meinem letzten Gast schließe, verstehe ich ein bisschen mehr, wie viel Bereicherung so ein Leben im Harem bringen könnte. Gibt's was Besseres, als gemeinsam ein herrliches Mahl herzustellen, sich liebevoll zu verwöhnen, sich dabei großzügig auszutauschen und miteinander Tränen zu lachen? Wenn ich unter halbwegs intelligenten Frauen weile, langweile ich mich nicht einen Augenblick. Und komischerweise ist es jedes Mal so viel entspannter als in Männergesellschaft...

»Scheiß-Emanzen-Club«, höre ich schon das mißgünstige Raunen. Mitnichten.

Evolutionär gesehen waren Frauen immer auf Konkurrenzkampf um den besten Familien-Versorger getrimmt. Seit wir nun selbst für unseren Unterhalt sorgen – was (evolutionär gesehen) noch nicht wirklich lange andauert –, ist das zwar nicht mehr nötig, aber es kann schon noch ein Weilchen dauern, bis so eine Auge-an-Hirn-Information zu einer Zell-Information wird (evolutionär gesehen). Insofern dauert es bei einigen Geschlechtsgenossinnen schon mal einen Abend lang, bis sie merken, wie viel positive Energie ihnen weibliche Gesellschaft verschafft. Das bringt mich auf einen ketzerischen Gedanken: Ich finde das Harems-System der Orientalen im Prinzip gar nicht so schlecht. Und ich kenne so einige Männer, die danach lechzen, mal beim KULINARISCHEN FRAUEN-SALON dabei zu sein. Vielleicht sollte ich mal einen kulinarischen Männer-Salon initiieren – nur ICH und ein Haufen Männer. Mhhhh, auch eine nette Haremsvariante...

Jasmin Leheta

Komm mit,
laß uns zu den Rosen gehen,
uns ins gleißende Licht
zwischen Wind und Sonne legen,
hinter der Welt.

Komm mit,
ich möchte gerne vergessen,
daß der Kinder-König ergraut.
Ich will die Revolutionen vergessen
und das Korsett des Tages!

Komm mit,
wir zwingen die Rosen zur Pracht,
wenn wir vor den ersten Küssen
die letzten gewähren.

Brigitte Horn

Das Meer

Mein Mann ist das Meer,
ein rauschendes Getöse,
welches unablässig in seiner gewaltsamen Stille
nach Schmerz und Verzweiflung ruft.

In freudloser Gier umspülen ruchlose Gewässer
die versunkene Stadt meines Herzens,
das in dem trüben Wasser seines Abschaumes schwimmt.

Ursi Jennings

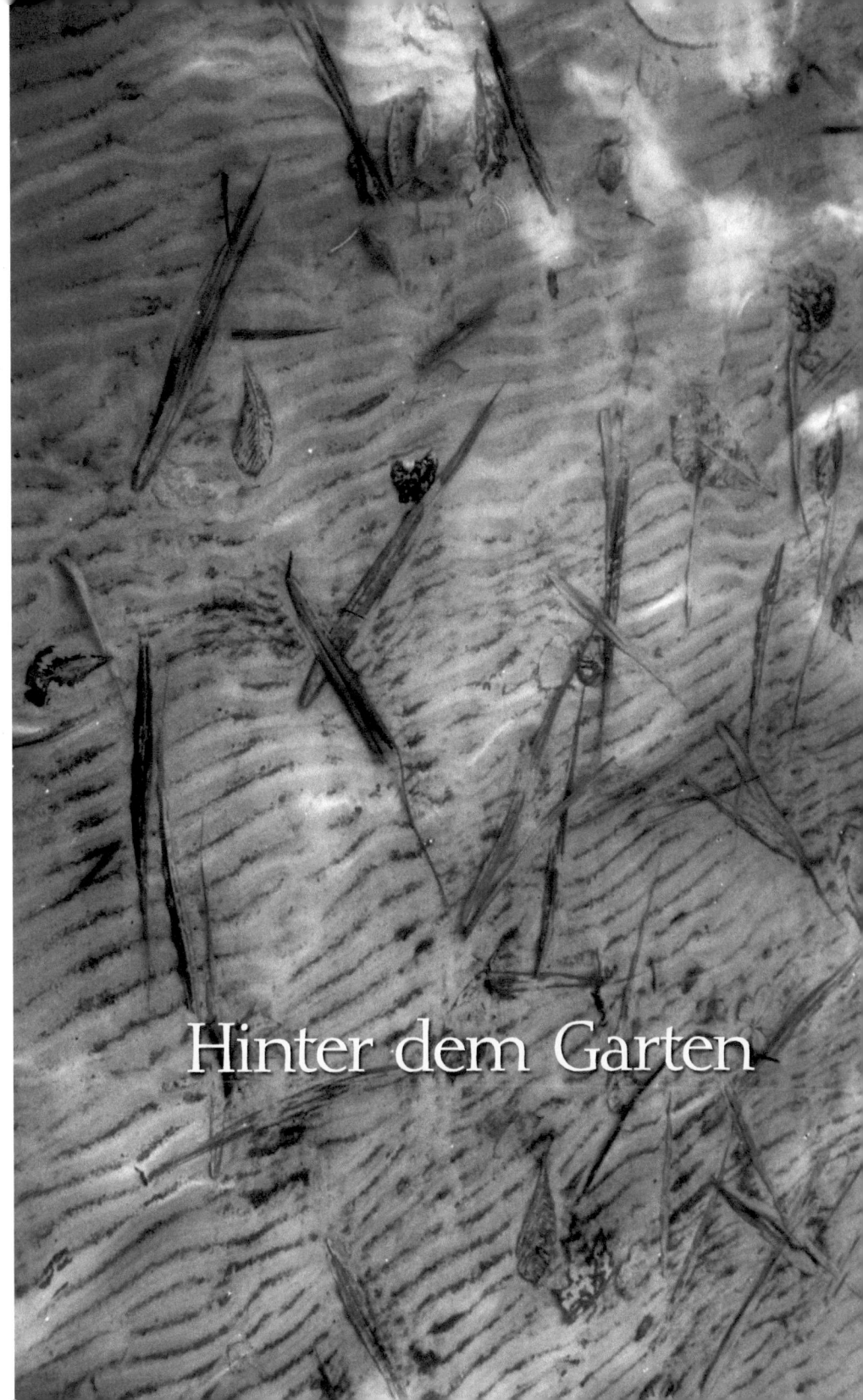

Kontakt zu Redaktion, Herausgeber und Forums-Leitung

Bei Interesse an Veranstaltungen des »Nymphenspiegel Kultur Forums« oder der Teilnahme am »Nymphenspiegel Netzwerk«, um den kostenlosen Newsletter zu abonnieren oder um Beiträge für eine der nächsten Ausgaben des Jahrbuchs einzureichen, wenden Sie sich bitte an: *Ralf Sartori, Ilmmünsterstr. 9, 80686 München, Tel 089/564837, Mail: nymphenspiegel@aol.com.* Weitere Auskünfte dazu auch unter: *www.nymphenspiegel.de.*

Bei Text-Einsendungen schicken Sie bitte nur Kopien, oder am besten Ihre Texte per Mail, da eine Rücksendung nicht vorgesehen ist. Rückmeldungen darauf erfolgen ebenfalls per Mail oder telephonisch. Für den Fall einer Zusage wird Ihr Text in Form einer weiterverarbeitbaren Datei benötigt.

Die 34 Autor(inn)en dieser Ausgabe

Brigitte Horn, die Schauspielerin und ehemalige Tänzerin ist seit 1974 an Bühnen des deutschsprachigen Raumes beschäftigt. Bisher eine Regie, gelegentlich erstellt sie Rezensionen für den NMZ-Verlag.
Kontakt: www.brigittehorn.com, Wohnsitz: München – Nymphenburg.

Professor Dr. Dieter Alexander Boeminghaus, Präsident der Europäischen Vereinigung Bildender Künstler. Kurator der Kulturstätte Sammlung Maria van de Venn. Konzeption von internationalen Kunstausstellungen. Hochschullehrer für Gestaltung. Zahlreiche Buchveröffentlichungen zum Thema Gestaltung und Umwelt, Übersetzungen in viele Sprachen. »Immer auf der Suche, das Wesen der Dinge und ihre Wirkung auf den Menschen zu erkunden.« Schwerpunkt in Lehre und Forschung ist die Kreativität. Lebt und arbeitet in Monschau. »Lyrik solange ich schreiben kann.« Kontakt: Hasselborn 12, 52156 Monschau, Tel 02472/6840, Mail info@boeminghaus.de

Johanna Stephan ist gebürtige Berlinerin und lebt in München. Seit einigen

Jahren ist sie freiberuflich als Autorin und Regieassistentin tätig, hatte sich währenddessen auch schreibend und spielend dem Kabarett zugewandt. Literatur, Theater und Geschichte waren seit frühester Jugend eine große Bestimmung für sie. Es entstanden neben Kurzgeschichten auch Lyrik, Aphorismen und zwei Theaterstücke. Inzwischen ist der erste Roman abgeschlossen und ein weiteres Buch ist in Arbeit. Die Theaterminiaturen unter dem Titel »**Großer Geister Stunde**«, die sie zur Münchner Stadtgeschichte im Auftrag des Bezirksausausschusses 2 (Ludwigsvorstadt-Isarvorstadt) und des Initiators, Projektleiters und Regisseurs Klaus J. Neumann, schrieb, wurden im Juni 2008, anläßlich der 850-Jahr-Feier, auf dem **Alten Südlichen Friedhof** aufgeführt. Sie sind im Münchner Verlag E. Strumberger erschienen.

Conrad Cortin, 1934 in München geboren, war Verlagsbuchhändler, Werbetexter, Lektor, Programmierer, ist jetzt freier Schriftsteller. Seine Texte trägt er – immer zusammen mit seiner Frau Katja Kortin – gerne in literarischen Kreisen vor. Inzwischen leiten er und seine Frau den 1987 von Bernhard Ganter und Werner Schlierf gegründeten Künstlerkreis Kaleidoskop. »Cortins Lust am Absurden, an der Paradoxie, seine Neigung, hinter die Fassade der Außenwelt in Innenwelten vorzudringen, bewog ihn dazu, seine Gedanken und Eindrücke aufzuschreiben, woraus eine Reihe von Büchern entstanden ist.« »Gedanken aus Glas«, »Ein Schritt hinter die Ewigkeit«, »Der kleine Wahnsinn«, »Der Denkerclan« und einige Hörbücher gelesen von Katja Kortin, alle Grimminger Verlag, »Das Spiel ist nicht aus« (unter Helmut Stuhlmann), illustriert von Johannes W. Ley, Bruns Verlag, »Magische Tiere und Geisterseher« (zusammen mit Katja Kortin), Magie Verlag, »Dreimal umsteigen« mit Zeichnungen von FRANZ EDER. Turmschreiber Verlag, »Impressionen aus der Innenwelt«, illustriert von FRED RAUCH, Turmschreiber Verlag, CD-ROM-Trilogie »Cyberspace der Phantasie«, Carussell Verlag, »Benno Spazier streift das Leben« (SalonVerlag). Kontakt: Tel. 089/8114972,
E-Mail: KKKaleidoskop@aol.com, Homepage: www.kkkaleidoskop.de

Sabine Bergk, in Bremen geboren, studierte französische Literatur, Publizistik und Theaterwissenschaften in Orléans und Berlin. Besuch der Lee Strasberg Schule in New York. Anschließend Arbeit als Spielleiterin und Regisseurin. Engagements führten sie an das Bochumer Schauspielhaus, das Theater Bonn, das Michigan Opera Theater, nach Detroit, an die San Diego Opera, das teatro nacional brasilia, das Theater Magdeburg und das Theater Freiberg. Seit 2007 lebt sie als freie Autorin und Regisseurin in München. Eigene Stücke: »Auslösung«, »Sägen«, »Ein Vogelhaus«, »Klytämnestras Traum«, »ängst«,

»Die Mördermassakerschlachten einer dreiundzwanzigjährigen Mutter«, »Elektra.Todtraumtanz«. Gedichtbände »irrungen«, »unter tage«, »Gelächter hinter dem Zaunpfahl«, »Heisere Schreie unter den Aschegräbern« sowie »variationen über 4 elemente: 100wasser.eine reinigung, 100lüfte.flugversuche, 100feuer.brandstellen, 100erden.hebungen«. Derzeit Arbeit an einer Erzählung und einem Roman.

Albrecht Vorherr, Kastellan von Schloß Nymphenburg, Künstlerische Praxis: abstrakte Malerei, Lesungen und Performances, sonic music, orientalische Kalligraphie. Berufliche Praxis: Kunstpädagoge, Themenschwerpunkt Kunst- und Kulturgeschichte des 18. Jahrhunderts.

D. Fuchsberger, Tel. 089/17 33 68

Peter Ripota, Jahrgang 1943, studierte Physik und Mathematik an der Technischen Hochschule Wien. Er schrieb zahlreiche Bücher über esoterische Themen (die Geburt des Wassermannzeitalters, Beziehungen der Zukunft) ebenso wie über die Mängel der modernen Physik (»Mythen der Wissenschaft«) sowie Märchen und Parodien. Als leidenschaftlicher Tangotänzer hat er einige seiner Erfahrungen in seinen Satiren und Märchen niedergelegt. Webseite: www.peter-ripota.de/tango/index.htm

Marylka Bender, Schriftstellerin und Malerin, wurde 1909 in Polen als Tochter eines Kunstmalers geboren, wuchs in München auf und studierte dort und in Paris Malerei. Sie heiratete den Philosophen Christan Kellerer und setzte sich intensiv mit dem Weltbild des Zen auseinander. Nach jahrzehntelangem Aufenthalt in Frankreich lebt sie jetzt hauptsächlich in München, und zwar in Neuhausen, nahe des Nymphenburger Schloßparks. Bisher veröffentlichte sie folgende Bücher: »Der tanzende Pinsel« (1997), »Zen Katzen« (2001 und 2005) sowie »Das Geheimnis des ansteckenden Lachens« (München 2009). In diesem Jahr war sie auch zu Gast in der Fernsehsendung »Menschen bei Maischberger«.
 Ihre exklusiv in Band III und Band V des »Nymphenspiegels« abgedruckten Gedichte und Aktzeichnungen gehören zu den Schätzen des »Kultur Forums«. Die Künstlerin steht für Ausstellungen ihrer Tusche-Malereien im Stile des Zen' jederzeit zur Verfügung. Bei Interesse wenden Sie sich bitte an die Redaktion.

Jaime Liemann ist in Medellin/Kolumbien, geboren. Dort verbringt er seine Jugend, sowie in Miami, New York und Deutschland. Zurück in Kolumbien verdient er sein Geld als Serenatensänger und wird bei einem solchen Auftritt entdeckt. Es folgen Rock'n-Roll-Schallplattenaufnahmen und Fernsehauftritte in Bogota, Cartagena und Miami. Ende der 60er Jahre kehrt er nach Europa zurück, gibt Konzerte in Griechenland, Spanien, der Schweiz, Deutschland und macht hier auch politisches Kabarett. Nach Abstechern in diverse Musiksparten, neben Rock'n Roll auch in die Klassik – er liebt Schumann und Schubert sehr –, besinnt er sich auf seine musikalischen Wurzeln, die Lieder seiner Heimat, die Serenaten und den Tango. Für einige Jahre ist er Sänger der Gruppe »Tangolita«. Dann folgt das Tango-Quintett Youkali; und er ist Gastsänger bei »Quinteto Tocar«, bei »Quadro Nuevo« und jetzt auch bei »Sin Palabras con voz«, deren neue gemeinsame CD »Más que Tango« lautet.

Zwischenzeitlich unternahm Jaime Liemann zusammen mit anderen internationalen Interpreten einen Ausflug ins »Land der Kinderlieder«. Die CD »NinaNana« wurde mit dem »Bayerischen Leopoldpreis« ausgezeichnet, auch in Schweizerdeutsch sowie französisch aufgenommen.

Kontakt über Mail: jaime.el-paisa@gmx.de oder Tel: 089 / 714 25 81, Goethestr. 29, 85521 Ottobrunn.

Jasmin Leheta, wenn sie nicht gerade Kochbücher wälzt oder am Herd steht, dann arbeitet sie als Kolumnistin, Autorin und Redakteurin für Print-, Online- und TV-Medien. Trotz ihrer ägyptischen Wurzeln ist sie eine echte Münchnerin. Ihre Leidenschaft gilt den Irrungen und Wirrungen des Zwischenmenschlichen, am liebsten kombiniert mit dem Kulinarischen. Seit über sechs Jahren veranstaltet sie deshalb den Kulinarischen Frauen-Salon, bei dem sie neue Rezepte und Kochbücher ausprobiert, die sie dann auch rezensiert, aber auch viele Inspirationen für ihre Erzählungen sammelt. Ihr erster erotischer Kurzgeschichtenband »Seidene Küsse« erschien 2006 im Heyne Verlag, der zweite Band »Sinnliche Fluchten« ist seit Oktober 2008 auf dem Markt. Mehr von Jasmin Leheta: www.alles-ueber-jasmin.de, www.frauen-salon.de

Dr. Johann Daniel Gerstein, Rechtsanwalt, Outplacementberater und Autor. Nach erfolgreicher Industriekarriere, zuletzt als Vorstand der Löwenbräu AG in München, widmet sich Gerstein seit 1988 vorwiegend der Bewerbungsstrategie, die er auch an der FH München lehrt. Daneben ist er Autor von Sachbüchern über die Bewerbung sowie von Wander- und belletristischen Büchern über den Pfaffenwinkel, der seine zweite Heimat geworden ist.

Kontakt: Volpinistraße 72, 80638 München, Tel. 089/157 19 67, www.daniel-gerstein.de

Wilhelmine Habicher, geboren am 31.03.1927 in Mals (Südtirol). »Ich besuchte die italienische Volksschule und zugleich die ›Katakombenschule‹ (verbotenes Lernen der deutschen Muttersprache während der Faschistenzeit), um nicht nur die Staatssprache, sondern auch die Muttersprache zu beherrschen. Im Schuljahr 1944/45 wurde ich als Hilfslehrerin eingesetzt und unterrichtete bis zu meiner Heirat 1954 in ein- und zweiklassigen Bergschulen. Nachdem unsere fünf Kinder erwachsen wurden, füllte ich meinen Freiraum mit neuen Beschäftigungen. Ich versuchte der Mundart Gewicht zu verleihen und übte mich im Schreiben von Mundartgedichten. Inzwischen sind drei Bücher erschienen. Auch die Hochsprache reizt mich, bin hierin aber nur Autodidaktin.«

Ralf Sartori, Landschaftsgärtner, Tangolehrer, Tänzer, Veranstalter, Film- und Fernseh-Choreograph, Herausgeber, Schriftsteller und Auftrags-Photograph, zahlreiche Buchveröffentlichungen, darunter vier über den argentinischen Tango.
Kontakt: Ilmmünsterstr. 9, 80686 München, Tel 089/564837.
Mail: tangoalacarte7@aol.com. Ausführlich unter: www.tango-a-la-carte.de

Gertrude Schrott, Urichstr 59, 6500 Landeck (Tirol),
Tel: 0039/(0)676/842 9273 89.
Als jüngste von drei Geschwistern in Landeck (Tirol) geboren und aufgewachsen, sehr heimatverbunden dort geblieben. »In der Volksschulzeit bewunderte ich meinen Vater beim Zeichnen und hörte gerne seine lustig geschriebenen Verse. Für meinen späteren Wunsch zu malen und zu schreiben ist damit der Grundstein gelegt. Der Berufswunsch in meinen Sehnsüchten ist mir versagt geblieben. Dafür erfüllte sich mein Kinderwunsch nach einigen Jahren und ich wurde stolze Mutter meiner Tochter Beatrix und meines Sohnes Bernd. Später bekam ich noch drei Enkelkinder und eine Urenkelin. (...) Ich bin sehr gerne und viel in der Natur. Von da nehme ich täglich einen Rucksack und ein Herz voll mit nach Hause, um es dort zu verarbeiten.« Von der Autorin sind bereits fünf Mundart-Bände, eine CD und ein Band in Hochsprache erschienen.

Franz Hirschwitz, Flaneur und Autor.

Ute K. Fleischmann, 1957 in Niederbayern geboren und seit über 30 Jahren in München heimisch. Nach dem Gymnasium, Ausbildung zur Reisebürokauffrau. Fast 20 Jahre Berufsausübung mit zahlreichen weltweiten Reisen. Danach Ausbildung als psychologische Therapeutin und auch als solche tätig. Seit 1996 Privatsekretärin einer Person des öffentlichen Lebens. »Ich schreibe

seit meinem elften Lebensjahr. Als Schöngeist mit breitem mußischem Interessensspektrum ist für mich die Welt voller Themen. In den letzten Jahren haben sich kreative, originelle Wortschöpfungen als eine Spezialität entwickelt.« Freie Autorin, seit Erstveröffentlichung 1986.
Kontakt: Waisenhausstr. 76 (Nymphenburg), 80637 München,
Tel: 089/157 59 56

Pfarrer Dr. Horst Jesse, geboren am 17.4.1941 in Wagendrüssel, theologisches Examen 1966. Pfarrer in Höchstadt/Aisch, Nürnberg, Augsburg und München, jetzt Urlauberseelsorger. Promovierte an der LMU in München über die Lyrik Bertolt Brechts. Veröffentlichung theologischer, kirchengeschichtlicher und literarischer Werke.
Mitbegründer des »Bert-Brecht-Kreis e. V.«, zahlreiche Veröffentlichungen. »In München hatte ich einige Photoausstellungen. Ich bin verheiratet und wir haben fünf Kinder und vier Enkelkinder. Mein Standbein habe ich in meinem Beruf als Pfarrer, mein Spielbein in der Literatur, Geschichte, Kunst und im Photographieren.«
Kontakt: www.dr-horst-jesse.de, Berlstraße 6a, 81375 München,
Tel: 089/719 57 40

Susanne Schönharting, 1961 in Neuwied am Rhein geboren, Germanistik- und Philosophiestudium, Schauspielausbildung, Heilpraktikerausbildung, Regisseurin und Autorin für Jugendtheater, Leiterin der »Jugendbühne«, Lehrerin, Therapeutin, Kreative ...
Kontakt: Hirschgartenallee 14, 80639 München, Tel. 089/5236594,
E-Mail: Susanne.Schoenharting@freenet.de

Dr. Hans-Jürgen Gdynia, geb. 1976 in Trostberg, Oberbayern. Verheiratet seit 2001, zwei Kinder. Nach Abschluß der Realschule in Trostberg Ausbildung zum Bankkaufmann, von 1993 bis 1996; anschließend Abitur auf dem zweiten Bildungsweg mittels Fernstudium. Nach Erlangen der Allgemeinen Hochschulreife: Studium der Humanmedizin an der Friedrich-Schiller-Universität Jena von 1998 bis 2004. Promotion zum Doctor medicinae 2004; Verleihung des Examenspreises der Universität Jena im Jahr 2005. Seit Ende 2004 Tätigkeit als Arzt und Wissenschaftler an der neurologischen Universitätsklinik Ulm. Autor und Mitautor von zahlreichen wissenschaftlichen Publikationen in internationalen Zeitschriften, überwiegend auf dem Gebiet der neuromuskulären Erkrankungen.
Schwerpunkte der schriftstellerischen Tätigkeit sind Gedichte, die verar-

beiteten Motive sind überwiegend Sehnsucht, Traurigkeit, Liebe und Naturverbundenheit. Die schriftstellerische Tätigkeit wurde maßgeblich durch Eindrücke und Begebenheiten während der Zeit in Jena/Thüringen geprägt, vor allem durch den dort fortbestehenden Einfluß und Geist der Frühromantik.
Kontakt über Mail: hans-juergen.gdynia@uni-ulm.de, Bradleystr. 34, 89231 Neu-Ulm

Maria-Jolanda Boselli, geb. 15. Mai 1960 in Frankfurt am Main. Mit vier Jahren zwangsevakuiert in das weitere Frankfurter Umland. Grundschule und Präpubertät im Luftkurort Birstein, der »Perle des Vogelsbergs«, Anführerin der Bande der Schwarzen Hand, der siegreichen Oberberg-Truppe im täglichen Kampf gegen die Bauernkinder vom Unterberg. Tiefenpsychologisch abgesunkene Erinnerung an Kindergeburtstage zwischen Wohnküche und Kuhstall, lauwarmer Milch und sahnigen Torten in Tupperwarebehältern auf Wachstuchdecken. Fremdkörper war ich und blieb es in dieser Hessenwelt. Spätestens nachdem ich in Rom meinen Geschmack für italienische Mode und in Frankfurt die erste Hennapackung entdeckt hatte, galt ich auch im Wächtersbacher Gymnasium als Hexe. Mein einziger Freund und Traum meiner tränenreichen Nächte war Mitschüler Martin (Jahre später entwich die heiße Luft nachträglich aus diesen Blasen, beim Wiedersehen mit ebendiesem Jungen auf einem Uniflur, mit Knopf im Ohr und ganz in schwarzem Lack und Leder). Wir diskutierten schulstundenlang, und die Sozi-Lehrer ließen uns gewähren. Letzte Erinnerung vor der Oberstufe: die Klassenfahrt nach Amsterdam. Ich im innigen Hüftdialog mit dem Flipper. Unser Lehrer vier Tage breit, in Ermangelung von Coffea-shops unter unseren Augen. Die letzten Jahre bis zum Abi verbrachte ich sonnentags auf der Stadtmauer am Gelnhäuser Hexenturm, endlich in heimischen Gefilden, dichtend zeichnend und mir zu Füßen Freund Norbert mit Ohrring, Kajalaugen und Klampfe. War aber alles nur gefaked, wie ich bei meinem ersten Morgen danach in Norberts Elternküche feststellen mußte. Sie aßen Blutwurst vom Brettchen, und als Einführung in die Familie wurde mir am Wochentag die gute Stubb zur Bewunderung aufgeschlossen. Nur wenige Aldieinkäufe später verließ ich dieses malerische Ambiente zwischen Kopfsteinpflaster und Möbelpolitur und zog zum Studieren nach Frankfurt und zum Lieben nach Wiesbaden. Ich teilte meine Tage und Nächte redlich auf zwischen Hörsaal, dem Jazzkeller, brennenden Mülltonnen an der Startbahn West und Campariorgien vor der Sonnenberg-Ruine am Birnbaum. Dazwischen Gastspiele in der Ente vom Lehel und den Eltviller Weinschänken. Köstliche Momente, viel zu schnell in Regelstudienzeit vorbei und abgeschlossen mit einem 1er Magister, der Androhung einer Dissertation und einem halben Theologiestudium. Vergangen auch die Balkongeschichten für den Pflasterstrand, die Kirchenzeitung und die Rundschau, glyzinienumrankt und koksbestreut. Die folgenden Jahrzehnte sind schnell abgehandelt: Doktorarbeit in der Münchner Stabi, Promotion in Frankfurt, Jobben am Eisbach, wo ich als eine der ersten Deutschen E-Mails schrieb, 1985. Daneben immer frei textend und schreibend. Die Kaninchenzüchter waren jetzt Designer, und »Ambiente« lehrte mich, dankbar zu sein für wendelnde Worte ohne wandelbare Münzen. 1992 konnte ich nicht verhindern, daß mein Sohn am Tag der Deutschen Einheit geboren wurde, aber er hat mit dem Feiertagsgeburtstag kein Thema, da er ohnehin in Italien leben will. Mit dem Kind kam die Stabilität, zumindest im äußerlichen Habitus. Fester Job als Pressefrau im Caritasverband, no drugs no rock n roll. Keine halsbrecherischen Skiabfahrten mehr und auch kein WE-Trip in die Rotonde. Heute sind die Windeln abgelegt, und meine Geister fühlen Aufwind unter sich. And now, my dainty ariel, to the elements, be free!

Peter Inzen, Anwendungsorientierter Erlebnissammler. Schreiben als Mittel, Eindrücke zu verdauen und Erlebnisse zu verarbeiten.

Gisela Wimmer, Hausfrau, mehrfache Mutter und Großmutter mit Freude am Schreiben, verfaßt Gedichte und Kurzgeschichten. Schwerpunkt und Herzensangelegenheit ist die Lyrik. Kontakt: Ganghoferstraße 22, 82178 Puchheim.

Alexander Förster, geb. 1978 in München, ist Autor, Freier Lektor und Künstler. Nach dem Abitur 1999 studierte er an der Hochschule für Philosophie S.J. in München. Derzeit ist er Promovend mit dem Schwerpunkt Religionsphilosophie und Ontologie. Seine Magisterarbeit mit dem Thema »Die Ontologie der personalen Begegnung« wurde 2005 mit dem »Alfred-Delp-Preis« ausgezeichnet. Er arbeitete bisher als Tutor, Dozent, war Mitglied eines Graduiertenkollegs und Herausgeber einer studentischen Zeitschrift. Zu seinen Tätigkeitsfeldern und Interessensgebieten zählen die Beschäftigung mit den Themen interkulturelle Spiritualität, die Bildende Kunst (v. a. die Malerei), die Lyrik und nicht zuletzt progressive Musik. Das kreative Bezeugen von Schönheit und Tiefe, auch im Spiegel der Schattenseiten und Widersprüchlichkeiten, durchzieht die verschiedenen Medien oder »Gärten«. Das Streben nach einer sinnstiftenden, harmonischen, aber doch in sich differenten und pulsierenden Einheit von »Kopf und Herz« ist für ihn Ziel des Schaffens. Kontakt unter Mail: alex.foerster@t-online.de, www.meta-logie.de

Gertrud Fassnacht, Feng-Shui-Expertin für Räume mit Lebensqualität. Bietet auch Spaziergänge auf den Spuren von Feng Shui im Westpark. »Gegensätze ziehen mich an. Die Erfahrung von starken Kraftfeldern wie dem des Oktoberfestes ist ein faszinierender Gegenpol zu meiner energetischen Arbeit mit Mensch und Raum.«
  Kontakt: »Margaretenplatz 11, 81373 München, Tel: 089/76 97 55 33..
Mail: info@fengshui-raum-erwachen.de, www.fengshui-raum-erwachen.de

Gerhard Albert Jahn, geb. in Dresden, lebt heute in Chemnitz. Nach Pädagogikstudium an der Leipziger Universität unterrichtete er in allgemein- und berufsbildenden Schulen sowie an Einrichtungen der Erwachsenenbildung in den Fächern Elektrotechnik, Mathematik, Psychologie und Physik. Seit seiner Pensionierung widmet er sich intensiv der wissenschaftlichen Erforschung des Lebens und der Taten seiner Vorfahren. Besonders beeindruckten ihn nach dem zufälligen Auffinden einer C-moll-Phantasie, die als Schulmädchen in Frankfurt am Main seine 1954 verstorbene Mutter komponiert hatte, das Leben und Werk ihres Großvaters Otto Dessoff (1835–1892), ein Komponist, Dirigent und Weggefährte von Johannes Brahms. Kontakt unter Mail: gerhard-jahn@gmx.de. (Seine ausführliche Vita befindet sich auf S. 77)

Susanne Nazet, Jahrgang 1970, lebt und schöpft in ihrer Geburtsstadt München.
  Kontakt: Menzinger Str. 115 a, 80997 München, Tel.: 089/811 35 77
  E-Mail: nazet@t-online.de

Teja Bernardy, Jahrgang 1945, arbeitete erfolgreich in sehr unterschiedlichen Brotberufen. Heute lebt er mit seiner Frau in einer Kleinstadt nahe Augsburg und widmet sich seit 2002 ausschließlich dem Schreiben. Bisher umfaßt sein schriftstellerisches Schaffen vierzehn abgeschlossene Arbeiten, wovon im Mai 2007 im Engelsdorfer Verlag unter ISBN 3-86703-388-9 »Adam trifft Eva – im Prinzip« und im November 2007 »Neuerfindung der Armut«, ISBN 978-3-86703-585-9, publiziert sind. Daneben veröffentlicht der Autor fortlaufend Gedichte, Buchbesprechungen und Prosatexte in Anthologien, Publikumszeitschriften und Tagespresse. Neben zahlreichen literarischen und zeitkritischen Projekten steht die Arbeit an einer Roman-Trilogie vor dem Hintergrund aktueller Zeitgeschichte unmittelbar vor ihrem Abschluß.

Angelika Genkin, geb. 1949, lebt in München und sagt über ihr Schreiben: Ich folge den Bildern – bitte sie zu verweilen – die beglückenden – die zauberhaften – die zarten – die leidenschaftlichen. Doch auch: die schmerzlichen – die beängstigenden – die grausamen – die abstoßenden. So entstehen Texte, Lyrik, lyrische Prosa und vieles mehr.

Manfred Gleixner, Kunstmaler, Gstallerweg 30, 82166 Gräfelfing, Tel.: 089/714 54 61 (Ein Bildbeitrag auf S. 103)

Susanne Bummel-Vohland, Prinzenstr. 63, 80639 München Tel.: 089/17 53 02, Mail: a.s.h.e.r@web.de

Wolfgang Uhlig, geboren am 9.2.1958 in München. Besuch des Gymnasiums bis zum 18. Geburtstag, danach Brotarbeit als Angestellter in verschiedenen Registraturen und Poststellen und 18 Jahre als Briefträger bei der Deutschen Post. »Gleichzeitig lebe ich seit meinem 12. Lebensjahr für meinen Weg und meine Be-Rufung als Schreibender und Kunstschaffender.« Veröffentlichungen von Gedichten, Kurzgeschichten und Essays seit 1970 in Amateurfanzines und Literaturvereinszeitschriften, seit 1998 im Internet. Einen Beitrag in einer ca. 1975 erschienen Anthologie sowie in Band III des Nymphenspiegels. Und natürlich zahllose Entöffentlichungen in Kartons, Ordnern und Schubladen. www.traumrufer.de.

Ursi Jennings, geb. 1958 in München, Studium Psychologie und Tanz, MA Dancetherapy USA. Lebt in Nymphenburg, arbeitet in Gestaltung und Bewegung.
Kontakt: Hirschgartenallee 28, 80639 München, Tel.: 089/17 17 05

Jürgen Bulla, geb. 1975 in München, lebt dort. Nach dem Abitur Studium der Germanistik, Anglistik und Philosophie an der LMU München. Nach einem einjährigen Aufenthalt in England mittlerweile Lehrer für Deutsch und Englisch am Gymnasium in München.
Seit 1995 Veröffentlichung von Gedichten in Zeitungen, Zeitschriften und Anthologien, u.a. »Das Gedicht«, »Neue Sirene«, »Heiß Auf Dich. 100 Liebes- und Lockgedichte«, Hg. von Anton G. Leitner, dtv 2002, »Wörter kommen zu Wort«, Hg. von Anton G. Leitner, Artemis und Winkler, 2002, »Der ewige Brunnen der Liebe«, Hg. von Albert von Schirnding, C.H. Beck, 2007. Das Gedicht »Nachtstück Zusmarshausen« aus dem Gedichtband »A8« wurde von Anton G. Leitner in die bei dtv erschienene Anthologie »Gedichte für Nachtmenschen« (Dezember 2008) aufgenommen. 1999 wurde der lyrische Einzeltitel »Glas«, und Ende des Jahres 2006 das Bändchen »A8«

Gedichte« im Münchner Black Ink Verlag veröffentlicht. Beim selben Verlag erschien im Januar 2009 die CD »Schattenwerfen« als Hörbuch mit ausgewählten Gedichten aus den Jahren 1995–2008. Ferner Beteiligung an der Übersetzung der Gedichte von Richard Dove (Lyrik Edition 2000) und Michael Hamburger (Carl Hanser Verlag) aus dem Englischen. Die Münchner Lyrikerin Augusta Laar hat außerdem kürzlich den größten Teil der Gedichte aus »Glas« (1999) im Rahmen einer Remix-Anthologie des Black Ink Verlages umgedichtet. Im Sommer 2004 Aufenthaltsstipendium der Staatsregierung Schleswig-Holstein im Künstlerhaus Kloster Cismar. Mai bis November 2007 Kurator der Reihe »Season II« des Black Ink Verlages in der Münchner Buchhandlung »Buch in der Au«. Mitveranstalter der Lesereihe »Literatur im Caveau«, die im September 2008 begonnen wurde. Zahlreiche Lesungen, u. a. auch in der Bayerischen Akademie der Schönen Künste (2001).

Bildernachweis

Die Abbildung von S. 68: »Mignon«, 1828. Öl auf Leinwand; 119×92 cm, Stiftung Maximilian Speck von Sternburg, im Museum der bildenden Künste Leipzig. Photo mit freundlicher Genehmigung des Museums, Ursula Gerstenberger. Gemälde von «Wilhelm von Schadow« (Berlin 1788–1862 Düsseldorf).
 Die Abbildung von S. 75: Constanze Dahn als »Mignon« in der *Vorstudie* für das Ölbild von Wilhelm v. Schadow. Düsseldorf 1828. Unbezeichnete Photographie, München 1930, Privatbesitz.

Das auf S. 103 abgebildete Gemälde stammt von dem Münchner, in Gräfelfing lebenden Maler Manfred Gleixner.

Alle weiteren Bilder dieses Bandes, einschließlich Titelbild und jenes auf der Umschlagrückseite stammen von Ralf Sartori.

Die Nymphen in diesem Band sind Milena Frank (Titelbild), Cindy Rautenberg (S. 63), Lyn Solka (S. 2), Julia Bauer(S. 7 und 117), Virginia López (Umschlagrückseite und S. 13) sowie Sibylle Neumeier (S. 105).

Mäzene, Förderer und Sponsoren

Privat-Kulturpat(inn)en

Ilonka Erlenbach
Rondell Neu Wittelsbach 7, 80639 München/Nymphenburg
E-Mail: ilonkaerlenbach@aol.com, Tel.: 089/178 45 20
Kulturpatin des »Nymphenspiegels«

***

Manfred Gleixner
Kunstmaler
Gstallerweg 30, 82166 Gräfelfing, Tel.: 089/714 54 61
Kulturpate des »Nymphenspiegels« / Mehrfach-Patenschaft

***

Naturheilpraxis Ilona Angelika Fischer
Wirbelsäulen-Therapie nach Dorn & Breuss, Homöopathie, Antlitzdiagnostik nach Dr. Schüßler und Astrologische Beratung, Tel. 089/14 29 37 oder 0172/545 44 02, Görlitzer Str. 3, 80993 München.
E-Mail: Ilonafischer3@aol.com
Kulturpatin des »Nymphenspiegels«

Die Bücherinsel
Buchhandlung am Romanplatz

Romanplatz 2 | 80639 München
Telefon 089/178 20 49

buecherinsel.romanplatz@web.de

*Öffnungszeiten:
Montag - Freitag: 9.30 – 18.00 Uhr
Samstag: 9.30 – 14.00 Uhr*

Traditionsreiche Münchner Gastlichkeit
im Restaurant FASANERIE mit Biergarten,
der Event-Adresse für Familienfeiern und Veranstaltungen
im Hartmannshofer Park

Tel.: 089 / 149 56 07 > Fax: 089 / 140 47 20
www.neue-fasanerie.de > info@neue-fasanerie.de

Restaurant FASANERIE, Hartmannshofer Str. 20, 80997 München

Golondrinas

Nutzlos und *Unbrauchbar*
sind der Begriffe zweierlei,
und voneinander sehr verschieden;
bedeutet Ersteres ja nur,
daß etwas (wesens)fremden Zwecken
kaum zum Fraß verfüttert,
es nicht so leicht *benutzt* werden kann.

Wie sehr hingegen *brauchen* wir
gerade das, was nutzlos ist, so wie es Gärten sind
oder die Gabe, zu flanieren, absichtslos,
trotz berechneter, vom Markt geprägter Welt.
Als Raum für Unerwartbares,
das immer wartet, zu erblühen.

Und uns zu heben, auf die nächste Bahn.
Denn fließt nicht immer in Spiralen,
Leben, stetig, wo es wieder fließt.
Meist haben *wir* es überholt,
im Rennen aller Nützlichkeiten.

Ganz nutzlos ist der »Nymphenspiegel«
ebenso, doch Atemluft und weiter Himmel,
Nahrung, ist er daher mir,
den ich nun jenen widme,
die auch am Tisch der Träume
tätig noch ausharren,
den paar bekannten und der namenlosen vielen,
deren Namen dafür im Zug der Wolken
strömungsnah geschrieben steht, ihnen verwandt,
von gleicher Dauer, wie im Flug der Vögel
und mit dem Lauf des Wassers,
das sich stetig wandelt, daher bleibt.

Und ganz besonders: Linkshändern, Rothaarigen
und Leuten, die mit Büchern beginnen,
sie erst einmal von hinten her durchzublättern,
weshalb diese Widmung sich auch auf der letzten Seite befindet,
anstatt ganz vorne, wie *es sich eigentlich gehört*.

Ralf Sartori